Um mich herum stehen bekannte Gesichter

Für alle, die kämpfen.

Marc Kemper

Um mich herum stehen bekannte Gesichter

Roman

Bibliografische Information der Deutschen Nationalbibliothek:
Die Deutsche Nationalbibliothek verzeichnet diese Publikation in
der Deutschen Nationalbibliografie; detaillierte bibliografische
Daten sind im Internet über http://dnb.dnb.de abrufbar.

© Intronauten Verlag
Inh. Marc Kemper
2019

www.intronauten-verlag.net

Lektorat: Marc Graf (marc@misthios.de)
Umschlaggestaltung: Tim Minarzik

ISBN:
9783981996128

Prolog
Beautiful Boy

Als Camilla den Zündschlüssel ihres Ford Explorers drehte, ahnte sie nicht, welch scharfe Kurve ihr Leben an diesem Abend nehmen würde. Wie sollte sie auch? Für die junge Frau hätten die Dinge kaum komplizierter kommen können. Alles, woran sie dachte, war, wie sie schon zum wiederholten Male zu spät sein würde. Sie konnte das typische Gezeter ihrer Mutter förmlich schon hören.

»Weniger Arbeit, mehr schlafen und essen«, war das Mantra, welches von ihrer Mutter wie mit einem Brandeisen auf ihr Trommelfell gestempelt worden war. Natürlich lag ihr Mutters Tadel mitsamt ihrem starken Akzent, der ihren Befehlen zusätzliche Strenge und Autorität verlieh, in den Ohren. Seit fast dreißig Jahren lebte ihre Mutter schon in Amerika, verbessert hatte sich ihr durch Chinesisch und Singhalesisch gefiltertes, srilankisches Englisch allerdings noch immer nicht.

Doch Camilla hatte sich bereits einige Retouren zurechtgelegt, um das geplante Familientreffen durchzustehen.

Es war der Abend vor Weihnachten und seit sie von der Universität zurück ins heimische Long Island gezogen war, erwarteten ihre Eltern wieder regelmäßige Besuche von ihr. Ein Versprechen, das sie nur widerwillig gab. Sie liebte ihre Eltern, allerdings war sie von den regelmäßigen Versuchen ihrer Mutter, Camilla auszubremsen, sehr frustriert. Sie verstand einfach nicht, welch großartige Möglichkeiten sich für ihre Tochter auftun würden, sollte sich die National Science Foundation dazu entscheiden, ihre Forschung zu fördern. Solche Chancen flogen einem nicht entgegen, pflegte Camilla zu unterstreichen.

Schon immer war sie eine produktive und gute Schülerin gewesen; hatte Errungenschaften und Zeugnisse über Freunde und Vergnügen gestellt. Auch ihre sozialen Kontakte beschränkten sich auf Arbeitskollegen und Kommilitonen des frisch abgeschlossenen Studiums. Ihre Eltern unterstützten sie zwar bei allem, was sie sich vornahm, mahnten sie aber nicht selten, auch einen Ausgleich für ihre Arbeit zu finden. Das Klischee der asiatischen Eltern, die ihre Kinder dazu antrieben, ausnahmslos perfekte Leistungen zu vollbringen, entsprach zumindest in ihrem Fall nicht der Realität. Zumindest hatte Camilla nie das Gefühl gehabt, dahingehend unter Druck gestanden zu haben.

Ihr Vater war ein einfacher Postbote aus New York, dem vor allem wichtig war, dass seine Familie ein gutes, mit Glück erfülltes Leben führte. Er liebte seine Kinder und war stolz auf alles, was Camilla bereits erreicht hatte. Oft nahm er sie zu seinen Angeltrips mit; versuchte, sie für die angeblich entspannende Wirkung dieses Hobbys zu begeistern. So sehr sich Camilla jedoch bemühte, ihrem Dad zuliebe mitzuspielen, herumzusitzen und auf ein Ergebnis zu warten, entsprach es einfach nicht ihrem Naturell.

Was nicht heißen sollte, dass ihre Eltern nicht trotzdem Recht hatten: Es gab durchaus gute Gründe für sie, endlich einen Gang herunter zu schalten. Doch Camilla gab sich völlig ihrem obsessiven Drang hin, jede freie Sekunde mit Arbeit zu füllen. Tag und Nacht kettete sie sich freiwillig an ihren Schreibtisch und verlor dabei völlig das Gefühl für die Zeit.

So auch an diesem Samstagabend, an dem sie mit ihrem SUV zurücksetzte und eilig versuchte, verlorene Minuten gutzumachen. Ein schwieriges Unterfangen, bedachte man den maroden Zustand der Straßen. Da die Politik nicht daran interessiert war, die zerbröckelnde Infrastruktur in diesem Teil des Landes zu reparieren, sah fast jede amerikanische Vorstadt mittlerweile wie Nachkriegsdeutschland aus. Oberhalb der Geschwindigkeitsbegrenzungen zu fahren barg also ein Risiko, mit dem Camilla vorsichtiger hätte umgehen sollen.

Die Zeit drängte jedoch. Schon vor einer Dreiviertelstunde hätte sie bei ihren Eltern eintreffen müssen, die sie und den Rest der weit verstreuten Familie an Weihnachten erwarteten. Ihr Zwillingsbruder Mason war extra für Weihnachten aus Sri Lanka angereist. Dort lebte er seit einigen Jahren, um sich mit diesem Teil seiner Herkunft vertraut zu machen. Für Camilla wäre es unvorstellbar gewesen mit nichts weiter als einem kleinen Reisekoffer und dreihundert Dollar in ein fremdes Land zu ziehen.

Doch Mason war schon immer ihr komplettes Gegenstück: Ein Freigeist, ein Künstler, spontan und impulsiv. Die lebende Antithese zur analytischen, stets pragmatisch denkenden Camilla.

Zwar hatte sie mit Mason abgesehen von ihren Erbanlagen nichts gemeinsam, freute sich aber trotzdem darauf, ihren Bruder wiederzusehen. Früher hatte sie sich oft danach gesehnt, mit einer Zwillingsschwester aufzuwachsen. Diese hätte sie überreden können, an ihrer Stelle die praktische Fahrprüfung zu absolvieren oder der Zeremonie ihrer Abschlussfeier beizuwohnen. Autos und Menschenansammlungen waren zwei der Dinge, für die Camilla noch nie Leidenschaft aufbringen konnte. Natürlich hätte sie ihrer imaginären Zwillingsschwester im Gegenzug die eine oder andere Mathe- und Biologieklausur abgenommen. An einer gewissen Bereitschaft, die Regeln zu brechen, mangelte es ihr nicht.

Der Wetterbericht kündigte zwar an, dass es an diesem Abend regnen würde - von den sintflutartigen Regenfällen, wie sie sich auf Camillas Windschutzscheibe ergossen, war jedoch keine Rede.

Ob der Witterungsbedingungen langsamer zu fahren, kam für sie nicht in Frage. Es war Heiligabend: Das amerikanische Volk würde an den reich gedeckten Esstischen der Nation sitzen, Braten genießen und »heile Welt« spielen. Die Straßen waren frei. Camilla fischte im Handschuhfach nach den Kassetten, die Greg ihr geschenkt hatte. Er hatte mit ihr an der Cornell University studiert und half ihr bei verschiedenen Projekten. Neben der Wissenschaft brannte Greg darüber hinaus auch für die Musik. Seine Band veröffentlichte im vergangenen September ein Album, das ihnen zu einiger Berühmtheit verhalf. Die Mixtapes, die Greg ihr mitbrachte, waren daher stets erstklassig kuratiert.

Endlich bekam sie eine Kassette zu fassen. Es war eine Zusammenstellung der besten Songs von John Lennon - das Glück über diesen Fund hielt jedoch nicht lange an.

Eine Frau mittleren Alters überquerte vor Camilla die Straße. Von ihrer Hand löste sich ein Kind, das mit aller Kraft in eine Pfütze auf der Straße sprang. Diese formten sich in den unzähligen Schlaglöchern auf den Straßen überall.

Sowohl die junge Mutter als auch ihr Sohn trugen farblich exakt aufeinander abgestimmte Regenmäntel und Gummistiefel. Das Kind hatte die Kordeln seiner

Kapuze ganz fest zugeschnürt, damit so wenig seines Gesichtes wie möglich dem kalten Nass ausgesetzt war.

Das Fahrzeug überraschte sie - der Regen und die Dunkelheit hatten die Hinweise auf Camillas Herannahen vermummt. Als diese mit ihrer Kassette hinter dem Armaturenbrett auftauchte und den Blick wieder auf die Fahrbahn richtete, realisierte sie, was geschehen würde. Hektisch riss sie das Lenkrad herum.

Erst traf sie ein Schlagloch; so tief, dass es die Achse ihres rechten Vorderrads verbog.

Ihre Reaktion kam viel zu spät. Ihr schweres Vehikel bewegte sich viel zu schnell. Machtlos musste sie bezeugen, was geschehen würde. Vergeblich bremste sie.

Die Mutter streckte sich nach ihrem Kind aus; packte es am Arm, so fest sie konnte.

Der Wagen wurde zur Seite gerissen, drehte sich auf der Schicht von Wasser, die sich über dem porösen Asphalt gebildet hatte.

Ihr SUV rutschte noch immer viel zu schnell über die Straße. Sie traf das Kind mit der Frontstoßstange, riss es seiner Mutter aus den Händen.

Das unnachgiebige Prasseln des Regens lag wie Wachs in Camillas Ohren. Sie hörte keine Knochen brechen, doch wusste sie, dass sie es taten. Sie hörte die Frau nicht schreien, doch sah sie ihr von Angst verzerrtes Gesicht im Rückspiegel.

Der Schock paralysierte sie. Ein Mann kam aus einem der Häuser geeilt. Er zog sie aus dem demolierten Fahrzeug. Mit zitternden Beinen stand sie auf, suchte und erblickte das Kind. Reglos lag es auf dem Bauch, mit dem Kopf auf dem nassen Teer. Blut färbte das Wasser, welches am leblosen Körper des Jungen vorbeizog. Wie versteinert fixierte Camilla das Ergebnis ihrer Unachtsamkeit, brannte es in ihren Kopf ein. Vergeblich hoffte sie auf ein Lebenszeichen. Doch auch die Mutter, hysterisch schreiend den Leichnam schüttelnd, vermochte ihr Kind nicht zurück zu den Lebenden zu holen.

Camilla bemerkte den Schmerz nicht, der nun von ihren geprellten Rippen ausstrahlte. Sie bemerkte nicht, wie sich die Straße um sie herum mit Schaulustigen füllte. Sie bemerkte nicht einmal, dass sie noch immer die John-Lennon-Kassette fest in ihrer rechten Hand hielt.

Büßen
Crippled Inside

Das Telefon klingelte. Es musste das zehnte, vielleicht elfte Mal an diesem Tag gewesen sein. Nicht, dass Camilla sich an die genaue Zahl erinnert hätte. Sie wischte sich das Salz aus den verkrusteten Augen und richtete sich auf. Eine weitere Nacht, in der sie sich auf ihrer Couch in den Schlaf geweint hatte.

Der Anrufbeantworter piepte. Die Stimme ihrer Mutter ertönte, flehte sie an, den Hörer abzunehmen. Camillas Vater hatte heute Geburtstag. Sie war natürlich eingeladen worden. Mehrmals. Doch so sehr sie es sich wünschte: Sie war nicht in der Lage, dort zu sitzen. Es vergingen Tage, da war sie nicht einmal in der Lage, aus ihrem Bett aufzustehen.

Camilla blickte umher. Schwaches Licht drang durch die Jalousie in ihre verwahrloste Wohnung. Die rote Lampe an ihrem Telefon erlosch, ihre Mutter hatte aufgelegt. Sie würde es erneut versuchen, doch Camilla würde auch dann nicht abheben.

Weitermachen hätte bedeutet, vor der Wahrheit wegzurennen. Das konnte Camilla nicht.

Das Gewicht der Schuld, mit dem sie am Boden fixiert war, machte sie bewegungsunfähig. Hatte ihr den Lebenswillen genommen. Zuflucht suchte sie unter einem niemals abbrechenden Wasserfall von Alkohol. Der half zu vergessen - wenn auch nur für einen kurzen Moment. Sie hatte ein Kind auf dem Gewissen. Und ihr Gewissen bekam keine Luft mehr. Die Eltern erhoben keine Anklage. Camilla wünschte sich, sie hätten es. Klar, es war ein *Unfall*. Dennoch war sie schuldig.

Neben ihrer früher so ordentlich gehaltenen Wohnung lag auch ihr Forschungsprojekt brach. All die Arbeit, der Eifer, zunichte. Ihr Antrieb war versiegt. Ihr Kopf zu sehr geplagt von Schmerzen, Erinnerungen und Schuld. Jeder Versuch, sich zu konzentrieren, endete für Camilla damit, dass ihr das Atmen schwerfiel, sie sich selbst schlug oder sich manchmal sogar ganze Büschel ihrer Haare herausriss.

Ihr Arzt verschrieb ihr Xanax gegen die Panikattacken. Es sollte ihr helfen, ihre neugewonnene Angst davor in Schach zu halten, jemals wieder vor die Tür gehen, geschweige denn ein Auto fahren zu müssen. Allein die Vorstellung erzeugte unweigerlich kalten Schweiß zwischen ihren Schulterblättern.

In der Vergangenheit waren Camilla hin und wieder bereits Beruhigungsmittel verschrieben worden. Die nun empfohlene Dosierung war allerdings um ein vielfaches stärker als alles, was sie bis dahin zu sich genommen hatte. Stärker waren allerdings auch die Impulse, die sie überkamen.

Wenige Gedanken waren an diesem Tag so klar wie dieser: Sie wollte sterben. Weder ihre Eltern mit all ihren gutgemeinten Anrufen, noch die Ärzte mit ihren beruhigenden Arzneimitteln konnten sie von diesem Gedanken abbringen. In ihrer dunkelsten Stunde entschied Camilla, neben ihrem Wodka auch ihre Medikamente überzudosieren. Ein sicherer Tod, argumentierte sie für sich selbst.

Sowohl der Alkohol als auch Xanax zählten zu den Depressiva. Substanzen mit der speziellen Eigenschaft, Motorik und Aktivität des zentralen Nervensystems zu verlangsamen, zu entspannen. In gemeinsamer Anwendung würde sich der Effekt in gefährlichem Maße verstärken, was zu äußerst einschneidenden Nebenwirkungen führen konnte: Das Gehirn würde herunterfahren, die Lungen nicht mehr arbeiten. Man würde einschlafen und nicht wieder aufwachen.

Was für andere eine Warnung auf dem Beipackzettel war, erschien Camilla wie eine Lösung. Ein klarer Weg, um zu vergessen.

Minutenlang saß sie still an der Bettkante, den Blick durch ihre geöffnete Badezimmertür auf den Spiegelschrank gerichtet, auf dessen Ablage die kleine, orangefarbene Dose mit ihrem Namen stand. Sie hatte noch mehr als ausreichend Pillen, um den Schmerz dauerhaft abzustellen. Die allzeit bereite Flasche mit dem russischen Wässerchen, das sie früher so gehasst hatte, stand in greifbarer Nähe auf ihrem Nachttisch. Sich selbst das Leben zu nehmen war keine leichte Entscheidung. Nicht einmal für jemanden, der es als die beste Option erachtete.

Also erhob sie sich mit knackenden Knochen von ihrem Bett und bewegte sich unsicheren Schrittes in ihr Badezimmer. Der Geruch des angebrochenen Wodkas in ihrer Hand unterschied sich kaum vom alkoholhaltigen Desinfektionsmittel, das neben den Pillen auf ihrem Spiegelschrank stand.

Eine gefühlte Ewigkeit blickte sie in ihre eigenen Augen, bedauerte ihre tiefen Augenringe und die kleine Schramme an ihrer Schläfe. Das war alles, was von ihrem Unfall noch zu sehen war. Der einzige Preis, den ihr Körper für ihr Vergehen hatte zahlen müssen. Nicht genug, entschied Camilla.

Ihr abgestandenes Getränk leerte sich, ihre Kopfschmerzen schwanden. Mit jedem Schluck versuchte sie, die Zeit zurückzudrehen. Zu einem Moment, bevor alles schief gegangen war.

Mit zitternden Händen rüttelte sie die länglich geformten Tabletten aus der Dose. Zwei landeten direkt auf ihrer Handfläche, mehr als verschrieben worden war. Doch sie wollte sicher gehen. Nichts mehr spüren.

Sie nahm fünf, spülte sie mit dem letzten Schluck aus ihrer Flasche herunter und warf sich wieder in ihr Bett.

Es würde eine Weile dauern, ehe der Effekt richtig anschlug. Ein kleines Zeitfenster, um sich noch ein letztes Mal vor Augen zu führen, was sie getan hatte.

Die Bilder des Unfalls, das Rauschen des Regens, die Schreie der Mutter: All dies fühlte sich noch immer an, als wäre es gerade erst passiert. Für andere Erinnerungen, besonders die schönen, musste Camilla schon immer viele mentale Treppenstufen gehen; in verstaubten Schränken wühlen. Suchen. Doch dieser Unfall... war immer sofort präsent. Als wartete er hinter ihren Augenlidern; versessen darauf, sich abzuspielen, wann immer sie die Augen schloss. Das würde sie nie wieder tun. Dafür hatte sie jetzt gesorgt.

Die ersten Effekte der Überdosis überkamen sie nicht lange nach deren Einnahme. Ein Schwindelgefühl begann langsam, nahm dann jedoch stetig zu. Schleichend verlor sie die Kontrolle über ihre Muskeln. Ihre Arme und Beine bewegten sich nicht mehr auf ihr Kommando und taten nur noch in groben Zügen, was Camilla von ihnen verlangte.

Dann klingelte wieder das Telefon. Hatte ihre Mutter noch immer nicht aufgegeben? War es zu selbstsüchtig, sich am Geburtstag ihres Vaters das Leben zu nehmen? Ihre Gedanken überschlugen sich, während der Klingelton durch ihre einsame Wohnung hallte. Gleich würde der Anrufbeantworter anspringen, wofür sie auf seltsame Weise dankbar war. Ein letztes Mal die Stimme ihrer Mutter zu hören, würde sie ein wenig trösten.

Allerdings war es nicht die Stimme ihrer Mutter, die erklang, nachdem der Anruf automatisch auf den Lautsprecher geleitet wurde.

»Sehr geehrte Frau Hamilton... ich rufe Sie zwar nur ungern während Ihrer Beurlaubung an, möchte Sie jedoch bitten, mich schnellstmöglich zurückzurufen.«

Die Stimme am anderen Ende der Leitung gehörte Richard aus der Personalabteilung. Camilla erkannte ihn sofort, da er stets außer Atem war und zwischen jedem Satz nach Luft schnappte.

»Sie erinnern sich gewiss an das Forschungsprojekt in der Arktis. Die Zusammenarbeit mit Russland. Wie Sie sich denken können, will die Regierung nur unsere besten Leute entsenden, um einen guten Eindruck zu machen. Leider ist Professor Garfield erkrankt und wird die Reise nicht antreten können. Stattdessen verwies er auf Sie, mit dem Vermerk, dass Sie... wegen Ihrer Situation... möglicherweise interessiert wären, an seiner Stelle nach Russland zu fliegen. Selbstverständlich wird Ihre Arbeit dort angemessen honoriert.«

Richard war ein außerordentlich höflicher, leicht übergewichtiger Mann mittleren Alters, der für Camilla stets die Tür aufhielt, wenn sie zeitgleich Feierabend machten. Sie plauschten hin und wieder in der Mittagspause, allerdings nie über Dinge, die substanziellen Inhalt hatten. Generell war das Bemerkenswerteste an ihm, dass er jeden Tag zu spät zur Arbeit kam. Stets im gleichen, perfekt gebügelten, himmelblauen Hemd, rannte er eilig durch die Eingangshalle, um sich einzustempeln.

Camilla beobachtete den unbeholfenen Mann gerne von ihrem Fenster aus. Da er mit dem Fahrrad zur Arbeit fuhr, fixierten zwei bunte Wäscheklammern seine Hosenbeine, sodass sie sich nicht in der Fahrradkette verfingen. Auf dieses unfehlbare Outfit angesprochen, antwortete er stets mit dem Sprichwort »never change a running system«.

Ein Gedanke, der sie - selbst auf der Schwelle des Todes stehend - zum Lächeln brachte.

Richard war in seiner Funktion als Personalsachbearbeiter einer der wenigen Kollegen, die über Camillas *Situation* informiert worden waren. Aus diesem Grund traf sie besonders, was Richard am Ende seiner Nachricht sagte:

»Nun, um ehrlich zu sein, dachte ich für diese Aufgabe ohnehin ganz speziell an Sie, Frau Hamilton. Wissen Sie... ich habe einmal gelesen, dass die Arktis der Ort des Vergessens sei. Ein Ort, an den sich Menschen zurückziehen, wenn sie einen Teil von sich ablegen wollen.«

Dann brach die Nachricht mit einem Signalton ab. Der Speicher des Anrufbeantworters war gefüllt, Richards Erklärung wurde abgeschnitten.

Allerdings genügte der letzte Satz, um etwas in Camilla zu wecken. Es war unklar, ob es die Worte selbst waren, die zu ihr durchdrangen, oder einfach der Umstand, dass selbst eine so entfernte Bekanntschaft an sie dachte. Vielleicht war es auch ihr unter unzähligen Schichten von Realismus und stoischer Klarheit vergrabener Wunsch nach Vorsehung, der sie dazu brachte, sich aufzurichten. Gerade jetzt, in ihrer dunkelsten Stunde, öffnete sich durch Zufall eine Tür. Eine Tür, die sie verpasst hätte, wäre sie nur wenige Augenblicke früher auf den Geschmack eines Drogencocktails gekommen.

Klar war jedoch, dass Camilla noch nicht sterben wollte. Vielleicht wollte sie Vergebung, vielleicht Schutz. Oder vielleicht traf Richard den Nagel auf den Kopf und Camilla wollte einfach nur vergessen.

Richards Worte hallten in ihren Ohren wieder, während sich der Raum drehte. Auch Camilla hatte Studien über das Polar T3-Syndrom gelesen. Wissenschaftliche Abhandlungen, die herausfanden, inwiefern der Aufenthalt in diesen Regionen dazu führte, dass Forscher und Entdecker schneller dazu neigten, Dinge zu vergessen. Wohingegen es für die meisten betroffenen Menschen eher ein Grund zur Sorge darstellt, war es für Camilla möglicherweise exakt das, wonach sie sich so sehr sehnte.

Vielleicht waren es die dezent euphorisierenden Effekte der Überdosis Xanax, die sie nun motivierten, doch der Entschluss, nicht zu sterben, festigte sich in Camilla.

Diese Fügung des Schicksals, gerade jetzt diesen Anruf zu erhalten, war entweder ein göttliches Zeichen oder ein unglaublich seltener Zufall. In beiden Fällen würde sie dieser Chance nicht den Rücken zukehren können.

Das einzige Problem bestand darin, dass es für die junge Forscherin beinahe schon zu spät war. Camilla hatte keine Kontrolle mehr über ihre Gliedmaßen; würde schon in wenigen Minuten ohnmächtig werden und in ein Koma fallen, aus dem sie mit hoher Wahrscheinlichkeit nie mehr wieder aufwachen würde.

Kampfgeist war gefragt. Eine seltene Ressource, von der sie längst jedes Quäntchen verbraucht hatte.

So dachte sie zumindest.

Unter immenser Anstrengung und ohne jegliches Gefühl in den Armen presste sie sich von ihrer Matratze hoch. Für einen Moment hoffte Camilla, sich vielleicht doch ohne Schwierigkeit über ihre Kloschüssel manövrieren zu können – doch dann brach sie direkt wieder ein, als ein unbehagliches Kribbeln in ihren Armen aufloderte. Nahezu völlig betäubt rutschte sie von ihrer Decke hinab und landete mit dem Gesicht voraus auf dem harten Fußboden ihres Schlafzimmers. Weder Reflexe noch Koordinationsvermögen waren vorhanden, um den Aufprall mit ihren Händen abzufedern.

Glück im Unglück: Der Schmerz erreichte sie schon gar nicht mehr. Auf dem Boden liegend wurde ihr schwarz vor Augen. Stellten nun auch ihre anderen Sinne die Arbeit ein? Was hatte sie sich nur angetan?

Die Mission war klar: Camilla musste sich, trotz fehlendem Gefühl in Armen und Beinen und aussetzendem Tastsinn, selbst zum Erbrechen bringen. Der Weg ins Badezimmer war nicht weit. Dort würde sie sich zwei Finger den Rachen hinaufschieben und hoffen, dass ihre Magensäure dem Blutfluss noch nicht zu viel Xanax und Alkohol überlassen hatte.

Sie würde sich übergeben, jeglichen noch nicht zersetzten Inhalt ihres Magens ausspeien und sich dann abduschen. Es war von absoluter Notwendigkeit, zu verhindern, dass sie einschläft. Sie würde nämlich nicht wieder aufwachen.

Die Musik von Jimi Hendrix, Jim Morrison und des erst kürzlich verstorbenen Kurt Cobain ging ihr durch den Kopf. All diese großartigen Musiker weilten nicht mehr unter uns, wurden jedoch nicht vergessen.

Zwar war Camilla nicht berühmt, doch wusste sie, dass ihr Tod noch ein wenig warten konnte. Zumindest, bis auch sie der Welt etwas Positives hinterlassen hatte. Etwas, das ihre Schuld sühnen würde.

Ihr Leben hier und jetzt so sang- und klanglos, auf diese erniedrigende Weise zu beenden, wäre nicht richtig gewesen. Ihr Leid hat noch nicht ansatzweise aufgewogen, was sie verschuldet hatte.

Doch in der Arktis würde sich ihr ein Weg eröffnen.

Fliehen
I'm Stepping Out

»Das ist alles?«, fragte Greg, als er Camillas Koffer eilig auf die Rückbank seines Autos schob. Es war 8 Uhr morgens und ihr Flieger nach Moskau würde kaum auf sie warten.

»Ja. Sie stellen einem wohl alles Nötige vor Ort zur Verfügung. Funktionskleidung, Pflegeprodukte und was man sonst so zum Überleben braucht«, entgegnete Camilla knapp. Sie war merklich nervös. Einen so gigantischen Schritt hatte sie in ihrem ganzen Leben noch nicht gemacht.

Natürlich bemerkte Greg die von Camilla ausgehenden Schwingungen direkt, freute sich aber darüber, dass sie Fortschritte machte. Sie rief ihn vor ein paar Tagen an, um ihn zu bitten, sie zum Flughafen zu bringen. Greg willigte direkt ein; wissend, dass sie eigentlich selbst in der Lage gewesen wäre, zu fahren. Das hinterfragte Greg zum Glück nicht. Nach ihrem Unfall war es nicht schwer zu verstehen, dass sie gerade nicht selbst hinter einem Steuer sitzen wollte. Mit ihm bildete Camilla während ihrer Zeit an der Universität so viele Fahrgemeinschaften, dass es die angenehmste Option für Camilla war, ihn auch jetzt zu fragen.

Auf der Fahrt redete Camilla nicht viel. Greg war neugierig, zwang ihr aber kein Gespräch auf. Während der 45-minütigen Fahrt von Plainview, New York bis zum JFK International Airport sprachen sie fast ausschließlich über oberflächliche Dinge. Eine philosophische Auseinandersetzung über existenzielle Themen wäre ihr gerade ohnehin zu viel gewesen.

»Was ist eigentlich aus diesem Tucker geworden, für den du das letzte mal so geschwärmt hattest?«, fragte er sie nach viertelstündigem Schweigen.

Doch auch die Liebe war ein Thema, bei dem sich Camilla nur der Magen umdrehte.

»Ach... wie ich über diverse Ecken erfahren durfte, hatte der Typ die ganze Zeit eine feste Freundin, die er vor mir verheimlichte. Ich war wohl eher ein Zeitvertreib oder das gelegene Dummerchen, das ihm sein Ego streichelt.«

Während sie die Antwort formulierte, bemerkte sie selbst, dass die Worte etwas zu harsch klangen. Sie hatte nicht gewollt, dass Greg aus ihrer Stimme lesen konnte, wie verletzt sie wirklich war. Nicht nur von dieser speziellen Situation, sondern von allem, was sie in den letzten paar Wochen erlebt hatte.

Doch das erkannte er, aufmerksam wie er war, selbstverständlich und wollte auf dem gerade freigelegten Nerv nicht weiter herumbohren.

Also sprach er über Musik - ein Thema, bei dem die beiden schon immer auf einer Wellenlänge lagen. Greg startete gerade mit seiner Punkband durch: Im vergangenen Jahr veröffentlichten sie erstmals ein Album auf einem großen Label und waren seitdem nahezu ununterbrochen auf Tour um die ganze Welt. Dass er schon seit 1991 einen Doktorgrad in Evolutionsbiologie hatte, schien für seinen weiteren Karriereverlauf gar nicht mehr von Bedeutung zu sein. Camilla war stets davon beeindruckt, wie gut er diese Dinge jonglieren konnte. Für sie gab es nur die Arbeit. Versuche, sozialer und geselliger zu sein, endeten immer im Chaos.

»Ich vermache dir als Abschiedsgeschenk meinen Walkman«, verkündete er stolz und reichte ihr ein grob in glänzendes Geschenkpapier eingewickeltes Paket.

Als Camilla es öffnete, erblickte sie einen silbernen Kassettenspieler mit leicht zerkratztem Display.

»Hab' sogar extra die Batterien ausgetauscht. Und Kassetten kannst du dir natürlich auch mitnehmen.«

Neben Tapes verschiedener, zumeist obskurer Punk- und Hair-Metal Bands fand sie auch eine weitere Best-Of-Compliation von John Lennon vor. Eine ähnliche Kassette war der Auslöser dafür, dass sie in der Nacht ihres Unfalls nicht auf die Straße geachtet hatte. Eigentlich erwartete Camilla, dass ihr Körper direkt negativ auf das Abrufen dieser Erinnerung reagieren würde. Dass sie in einen Heulkrampf verfallen oder sich übergeben würde. Doch sank sie beim Anblick der alten Kassette aus durchsichtigem Plastik nur in ein tiefes

Schweigen, abgenabelt von ihrem Umfeld. Das Rauschen der Außenwelt, während sie mit dem Auto daran vorbeizogen, das sehr leise eingestellte Werbe-Gedudel aus Gregs Radio, sogar sein Monolog über die experimentellen Züge des letzten Pearl Jam Albums rückten in weite Ferne. Erst, als Greg zum wiederholten Mal ihre Schulter schüttelte, erwachte sie orientierungslos aus ihrer Trance.

»Alles okay mit dir, Camilla?«, fragte Greg mit fürsorglichem Ton in der Stimme.

»Ja... tut mir leid, ich war nur gerade... mit den Gedanken woanders«, wimmelte sie ihn stotternd ab.

Nervös wühlte sie in ihrem Handgepäck nach der Dose Xanax, die sie seit ihrem Selbstmordversuch nicht mehr angerührt hatte.

»Flugangst«, erklärte sie schnaufend, während sie ihre Medikamente - diesmal in der vorgeschriebenen Dosierung - herunterschluckte.

Sie hätte sich nicht rechtfertigen müssen. Schon gar nicht mit einer Lüge, das wusste sie. Greg hatte in seinem endlosen Verständnis nicht einmal gefragt. Dennoch erschien es ihr in diesem Moment methodisch, einen Schein von Normalität zu wahren.

Als Gregs Auto vor den Toren des JFK Airports ausrollte, hielt auch Camilla inne.

Ihre Eltern hatte sie, um sentimentale Verabschiedungen zu vermeiden, nicht über ihre Flucht in Kenntnis gesetzt. Sie würde ihnen einen Brief schreiben, sobald sie sich in der Forschungsstation eingelebt hatte.

Sie fühlte sich durchaus schlecht dafür, diesem Gespräch aus dem Weg zu gehen. Wieso sträubte sie sich so sehr vor einer Umarmung ihrer Mutter?

Schwierige Konfrontationen sind nicht immer nur negativer Natur. Manchmal können die Wände, die man zum Selbstschutz errichtet, auch die guten Dinge fernhalten.

»Bist du bereit?«, fragte Greg und zog sie erneut aus ihren Gedanken zurück in die Gegenwart.

»Ja«, entgegnete sie einsilbig.

»Russland ist verdammt weit weg«, sagte er.

»Das ist der Punkt«, antwortete sie, zum ersten Mal seit einer ganzen Weile, lächelnd.

Sie erinnerte sich daran, wie sie in ihrer Kindheit einen Sommer lang mit ihrem Bruder für die Schule lernte. Mason, der das exakte Gegenteil von Camilla war, hasste Hausaufgaben und hatte diese einmal zu oft *vergessen*. Als Strafe wurde er von Miss Kasparian dazu verdonnert, alles über die Ferien nachzuarbeiten. Eine riesige Weltkarte war auf dem Esstisch vor ihnen ausgebreitet und Mason, der viel lieber bis Sonnenuntergang mit seinen Freunden auf Fahrrädern die Nachbarschaft terrorisierte, suchte eifrig nach einem Ausweg.

»Wo würde ich wieder auftauchen, wenn ich mich an Ort und Stelle durch den Erdboden grabe?«, scherzte er, offensichtlich bei seiner Suche nach einem Fluchtweg scheiternd.

»Vorausgesetzt, du überstehst die Hitze des Erdkerns und den Druck unter Wasser, landest du vermutlich irgendwo mitten im Meer, westlich von Australien.«

Masons kindlicher Gedanke, so weit wie nur irgend möglich von diesem Ort wegzukommen, erschien ihr hier und heute deutlich attraktiver als damals. Die russische Arktis war zwar nicht ganz auf der anderen Seite des Planeten, gewiss würde es sich jedoch danach anfühlen.

Greg zog mit einem viel zu kräftigen Ruck die krächzende Handbremse an und signalisierte somit die unweigerliche Abkehr von allem, was Camilla kannte. Die nächsten sechs Monate würde sie von Schnee und Eis umgeben sein, von mit Zwiebeltechnik eingewickelten, russischen Männern und sterilen Laborgeräten. Kalte Winde, lange Nächte. Und sie wusste nicht einmal, woran genau sie arbeiten würde. Ein Sprung ins kalte Wasser. Dafür waren die Russen ja bekannt.

Als sie ausstiegen und ihr Gepäck an den Bordstein stellten, war der Abschied gekommen. Nicht nur von ihrem besten - oder besser gesagt *einzigen* - Freund. Auch von ihr selbst. Von der Camilla, deren Leben eigentlich vor nicht allzu langer Zeit ein Ende finden sollte.

Dieser Meinung war sie noch immer; konnte sich nicht erklären, warum sie all dies hier auf sich nahm. Doch sie tat es. Niemand springt mit offenen Augen ins

Wasser, nicht einmal die Mutigsten. Egal, ob vom Beckenrand oder von einem Sprungbrett.

»Pass auf dich auf«, gab er ihr mitsamt eines ermutigenden Klopfers auf die Schulter auf den Weg.

Ihr fiel auf, dass sie sich noch nie umarmt hatten.

Camilla wusste, dass sie nicht gut in zwischenmenschlichen Angelegenheiten war. Oft ärgerte sie sich selbst darüber, jene Nähe nicht zulassen zu können, die ein gesunder Mensch vermutlich zum Gedeihen brauchte. Doch auch dieses Problem war ein Projekt, an dem sie würde arbeiten können.

Vielleicht würde die Person, die Greg in einem halben Jahr an dieser Stelle wiedertraf, eine andere sein. Eine entlastete, eine geläuterte.

Fallen
Out The Blue

Es war abzusehen, dass Camilla auf ihrem Flug nach Moskau kein Auge schließen würde. Ihr Umfeld machte es allerdings nicht einfacher: Direkt nachdem sie sich hinsetzte, musste sie dem faltigen Greis neben ihr erklären, womit sie ihren Lebensunterhalt verdiente und beteuern, dass sich auch Frauen für Wissenschaft interessieren würden.

Dieses Gespräch erduldete sie früher häufig. Auch die Erklärung, dass Paläontologie nicht exakt so ist, wie sie in *Jurassic Park* dargestellt wurde, konnte sie bereits auswendig. Ein Umstand, den sie dem Hollywood-Blockbuster allerdings nicht verübelte. Immerhin gelang es dem Film seit seiner Veröffentlichung vor zwei Jahren, das Interesse an ihrer Arbeit in noch nie dagewesenem Maße zu steigern.

Plötzliches, kommerzielles Interesse tat Wunder für die Finanzierung von vielversprechenden Forschungsprojekten.

Nur kurz, nachdem sie ihren Sitznachbar endlich abwimmeln konnte und sich in ein russisches Wörterbuch vergrub, rempelte sie ein übergewichtiger Mann auf seinem Weg zur Bordtoilette an. Der Kerl stand schon, kurz bevor sie das Flugzeug betrat, am Schalter neben Camilla. Da brüllte er den Airline-Mitarbeiter an, der seine Tasche nicht als Handgepäck annehmen wollte.

Camilla war mehr als irritiert von Menschen, die es für nötig hielten, jemanden wegen kleinster Unannehmlichkeiten anzuschreien. Vor allem, wenn es sich dabei um Personal handelte, das vermutlich für einen Hungerlohn Überstunden schob, um über die Runden zu kommen.

Der Gedanke, dass dieser Mann möglicherweise zum selben Job flog wie sie, brachte sie dazu, sich umzusehen. Über die Größe des Teams, mit dem sie in der Arktis festsitzen würde, wusste Camilla nichts. Die Möglichkeit, dass einer von ihnen mit an Board war, schien ihr jedoch plausibel. Dementsprechend genau musterte sie ihr Umfeld.

Weiter vorn in der Maschine beobachtete sie eine junge Flugbegleiterin, die mit ihrem Getränkewagen auf sie zurollte und links wie rechts Getränke einschenkte. Sie war womöglich noch nicht lange Teil der Crew, da sie gleich dem zweiten Passagier, bedingt durch ein unerwartetes Ruckeln der Maschine, Apfelschorle über den Strickpullover kippte.

Die unerwünschte Erfrischung traf einen dünnen Mann mit russischem Akzent, der mit sanftem Ton verdeutlichte, dass er der Flugbegleiterin nicht böse war.

Das plötzliche Schütteln des Airbus veranlasste einen jungen Mann hinter Camilla dazu, ein lautes Gebet zu sprechen. Das Stottern in seiner Stimme bezeugte die aufrichtige Panik, die er fühlen musste.

Obwohl Flugangst so ziemlich das einzige Problem war, von dem Camillas Verstand aktuell nicht geplagt wurde, fühlte sie mit dem Jungen.

Crew und Maschine flogen diese Strecke mehrmals in der Woche, man durfte also ruhigen Gewissens mit einer routinierten Reise rechnen. Camilla legte genug Vertrauen in die Technologie und das Training der Piloten. Als die Durchsage ertönte, dass die Turbulenzen auf ein längst einkalkuliertes Unwetter zurückzuführen seien und sich die Passagiere keine Sorgen machen müssten, hoffte sie, dass auch der Fahrgast hinter ihr beruhigt werden konnte.

Als die Reifen des Flugzeugs zehn Stunden nach Abflug endlich russischen Boden berührten, die Leute um sie herum applaudierten und sich träge aus ihren Sitzen erhoben, warf Camilla einen Blick hinter sich: Der junge Mann kanalisierte seine Flugangst gerade zum wiederholten Male in eine braune Papiertüte. Mit sichtlicher Erleichterung wischte er sich den Mund ab. Starts und Landungen waren offenbar besonders furchteinflößend. Der Statistik zufolge trugen sich währenddessen immerhin die meisten Unfälle in der Luftfahrt zu.

Nun war Camilla also in Moskau, dem Herzen von Mutter Russland. Zwar völlig übermüdet und mit einer halben Weltreise in den Knochen, doch trotzdem dem Ort, der alles für sie verändern sollte, einen Schritt näher.

Laut ihrer Instruktionen würde sie nun anderthalb Stunden Leerlauf haben, bevor sie mit einer kleineren Maschine nach Norilsk in Sibirien fliegen würde. Das war ihrer persönlichen Recherche nach die nördlichste Großstadt der Erde und vermutlich der einzige Fleck, an dem dort überhaupt ein Passagierflugzeug landete.

Mit Regierungsfahrzeugen würde man sie und den Rest der Crew von dort aus zur Polarstation bringen. Camilla war sich also im Klaren darüber, dass der Bärenteil der Reise noch vor ihr lag.

Die Veränderungen, die Russland in ihr bewirken sollte, bemerkte sie zumindest auf eine kleine, triviale Weise schon jetzt: Ihr Magen knurrte wie ein streunender Waschbär. Hunger, Appetit: Diese Gefühle fehlten ihr schon seit Monaten.

Auch die Gesichter der Menschen, die vor ihr mal mehr und mal weniger zielstrebig zwischen den Terminals umher eilten, gefielen ihr. Niemand beachtete sie. Ausnahmslos jeder hier trug einen Wintermantel. Mit hochgeklappten Krägen offenbarten sie der Außenwelt so wenig wie möglich von der eigenen Visage. Camilla, die schon immer die Abschottung von der Außenwelt bevorzugte, fühlte sich seltsam willkommen. Niemand würde sie schief dafür ansehen, dass sie es ihnen gleichtat. Überhaupt würde sie niemand ansehen.

Obwohl der Flughafen nicht nur mit kyrillischen, sondern auch mit römischen Buchstaben beschildert war, kam Camilla nicht umher, sich zu verirren. Der Flughafen Moskau-Scheremetjewo war höchstwahrscheinlich der letzte Ort, an dem sie amerikanisches Fastfood bekommen würde. Die Berliner Mauer war vor einigen Jahren gefallen, der Westen hatte den vermeintlichen Kulturkrieg gewonnen. Mit der voranschreitenden Globalisierung war Camilla sicher, hier wenigstens einen McDonalds zu finden, bei dem sie sich ein letztes Mal mit labbrigen, versalzenen Pommes und einem Erdbeer-Milchshake den Bauch vollschlagen könnte. Natürlich wusste sie, dass dieses Getränk eine echte Erdbeere allerhöchstens mal aus der Ferne gesehen hatte und sich darin stattdessen eine Ansammlung aus höchst bedenklichen Chemikalien befand. Das war ihr an diesem Tag jedoch egal. Es zählte zu ihrer persönlichen, zeremoniellen Verabschiedung.

Wahrscheinlich warteten in der Forschungsbasis nur Dörrfleisch, Pelmeni, Piroggen und Borschtsch auf sie. Ihre fein abgestimmten, amerikanischen Geschmacksknospen würden sich wohl nur mit Mühe an die Menge an roter Beete und Weißkohl gewöhnen.

Ihr ausgiebiger Genuss von - nur im weitesten Sinne als Nahrung zu bezeichnendem - Fastfood führte dazu, dass sie beinahe ihren Anschlussflug verpasste. Die deutlich kleinere Maschine, dem Flugticket nach eine Tupolew Tu-154, stand bereits auf dem sich von Regen und frischem Schnee spiegelnden Rollfeld.

Viele der winterfest bekleideten Passagiere bestiegen längst das Flugzeug, während mehrere Fluglotsen in orangenen Westen noch darauf herumkletterten. Die Hülle des Fliegers war geschaffen, um strengsten Witterungsbedingungen standzuhalten. Hier in Moskau waren die Minusgrade im März gewiss noch halbwegs erträglich, doch Meilen über dem Erdboden im nördlichsten Teil Sibiriens herrschten Temperaturen, die für unvorbereitete Menschen einen sicheren Tod bedeuten würden.

Mit Besen schrubbte und kratzte das Bodenpersonal festgefrorenen Schnee und Eis von den Tragflächen des seltsam geformten Vehikels. Wohingegen alle großen Passagierflugzeuge, die Camilla kannte, jeweils eine große Turbine unter jedem Flügel trugen, trumpfte die Tupolew Tu-154 mit einer dritten: Ein zusätzliches, großes Triebwerk befand sich oben am Heck der aerodynamischen Maschine. *Dreistrahlig* nannte man diesen Typ Flugzeug in Fachkreisen. Es war eine beeindruckend gestaltete, schnittige Maschine. Ein Fakt, der die Vermutung zuließ, dass es bei den Sowjets wohl nicht selten auch um den richtigen Auftritt und eine ehrfurchteinflößende Optik ging.

Die Menschen, die Camilla in die Tupolew einsteigen sah, vermittelten schon eher den Eindruck, als Forscher und Wissenschaftler tätig zu sein. Besonders die hochgewachsenen, bärtigen Männer, die Stahlboxen mit Laborequipment in das Flugzeug einluden, entsprachen ihrer Vorstellung der zukünftigen Mitarbeiter.

Ihre oberflächlichen Mutmaßungen fußten natürlich nicht auf praktischen Erfahrungen. Schließlich erhielt sie selbst die Chance auf diese Reise nur durch Wohlwollen ihrer Vorgesetzten. So sehr diese auch beteuerten, dass sie qualifiziert genug war, hielt es Camilla noch immer für eine Fügung des Schicksals, einberufen worden zu sein. Dass sie ihre Mitarbeiter nicht direkt erkannte, sollte daher zu verzeihen sein. Insgeheim hoffte sie sogar auf einen zerzausten Kurt Russell aus *Das Ding aus einer anderen Welt*, als sie über die Kollegen der bevorstehenden Polarforschung nachdachte.

Nachdem auch Camilla endlich ihr Gepäck einladen und das Flugzeug betreten durfte, schob sie sich mit ihrem Walkman in der Hand den Gang entlang. Eine erste Klasse gab es hier nicht, die schätzungsweise 120 Reisenden würden alle gleichschlecht behandelt werden.

»Faire Verteilung. Das machte man schließlich so in Russland«, scherzte sie in Gedanken.

Camillas Sitzplatz befand sich am hintersten Ende des rechten Ganges an einem Fenster, welches ihr einen klaren Ausblick über die russische Taiga und Tundra verschaffen würde. Ihr Sitznachbar, an dem sie sich zunächst vorbeidrücken musste, war zum Glück nicht annähernd so gesprächig wie der letzte. Eine gute Gelegenheit also, den fehlenden Schlaf nachzuholen. Sie legte ihre Armbanduhr ab und fischte den Walkman aus ihrer Handtasche hervor. Der würde ihr schon helfen, die Außenwelt in Schach zu halten.

Ihre Müdigkeit forderte relativ schnell ihren Tribut. Camilla döste noch während der Pilot in gebrochenem Englisch das übliche Diktat vortrug, ein.

Immer wieder wurde ihr Schlaf jedoch vom übermäßig stark schwankenden Flugzeug unterbrochen.

Nervös blickte sie wiederholt in die Gesichter der Flugbegleiter, die aber allesamt gelassen wie Kühe auf einer Weide dreinblickten. Auch der Blick aus dem Fenster offenbarte zunächst nichts, was sie dort nicht erwartet hätte: Schneebedeckte Hänge, gefrorene Bäche und natürlich tausende Bäume, in jedem Winkel der Region. Camilla entschied sich daher, ihre Best-of John-Lennon-Kassette noch ein wenig lauter zu drehen und weiterzuschlafen.

Erst, als sie zum vierten Mal aus ihrem Nickerchen gerissen wurde, blinkten auch die Anweisungen über den Sitzen und baten darum, die Sicherheitsgurte anzulegen. Ein Mann weiter vorne sprach auf Russisch mit einer vorbeieilenden Stewardess. Camilla konnte zwar nicht verstehen, was der Inhalt der kurzen Unterhaltung war, ahnte jedoch anhand der Mimik und Kadenz ihrer Antworten, dass von der vorherigen Gelassenheit nicht mehr viel übrig geblieben war.

All dies geschah, während die Maschine noch immer beunruhigend oft ruckelte. Auch die Außenwelt hatte sich in der Zwischenzeit extrem verändert; in der mittlerweile hereingebrochenen Dunkelheit hatte sich Camillas Sichtradius deutlich verringert. Nur wenige Strahlen der Abendsonne ragten noch über den Horizont herein, sodass die zuvor so mannigfaltige Baumlandschaft nun extrem ausgedünnt wirkte. Das viel größere Problem schien der Hagel zu sein, der hörbar gegen die Außenwände und die rund geformten Fenster des Flugzeugs prasselte.

Um herauszufinden, wie lange sie geschlafen hatte, schielte sie auf die Armbanduhr ihres Nachbarn. Den dadurch ergatterten Informationen traute sie jedoch nicht: Laut den Informationen ihres Reiseplans hätten sie schon vor einer Stunde in Norilsk eintreffen sollen. Eine Verspätung ließ sich ob der schlechten Wetterbedingungen zwar sicherlich rational erklären - dass die Reise so sehr vom Plan abwich, beunruhigte Camilla allerdings. Mittlerweile schien die Maschine den Wogen der Außenwelt völlig ausgeliefert zu sein, ratterte und zitterte von links nach rechts; wie eine Fregatte bei starkem Wellengang.

Es wirkte, als würde der Pilot manuell versuchen, jeder starken Windböe entgegenzulenken, wodurch das Flugzeug wiederum in die jeweils andere Richtung übersteuerte.

Die Passagiere waren angesichts des unberechenbaren Schaukelns nachvollziehbar angespannt, verloren jedoch erst die Fassung, als eine Reihe greller Lichtblitze in kurzen Intervallen und in nächster Nähe der Maschine aufzuckten. Eine verhältnismäßig unbegründete Sorge: Regelmäßig wurden Passagierflugzeug von Blitzen getroffen, waren aber seit jeher konzipiert, die einwirkende Energie abzuleiten. Selbst eine jahrzehntealte, russische Flugmaschine war dagegen gefeit.

Doch die Ängste, die derart unmittelbare Einschläge weckten, waren nicht zu unterschätzen. Ob rational oder nicht: Sie beherrschten das Handeln der Reisenden mit spielerischer Leichtigkeit.

Dabei waren die grellen Blitze erst der Anfang: Panik begann sich breitzumachen, als die blauen Sitze unkontrolliert zu vibrieren begannen. Selbst die harten Russen mit den dicken Bärten klammerten sich an die Armlehnen ihrer Sitzplätze fest, als Gepäckstücke aus den Ablagen über den Sitzen fielen.

Fest angeschnallt versuchte Camilla, einen kühlen Kopf zu bewahren. Zwar bereute sie nun, während der Sicherheitsanweisungen eingeschlafen zu sein, vertraute aber weiter auf die drei Piloten, die im Cockpit sicher alles unter Kontrolle hatten.

Ein Vertrauen, das auf einem zunehmend wackeligen Fundament fußte. Das merkte sie umso mehr, als Sauerstoffmasken abrupt von der Decke fielen und vor den nervösen Gesichtern der Passagiere baumelten. Über den wundersamen Impuls der Selbsterhaltung erstaunt, griff Camilla nach ihrer Maske und streifte sie zügig über. Ob sie das retten würde, wusste sie nicht.

Generell geschah alles so schnell, dass sie nicht einmal realisierte, dass aus den Kopfhörern ihres Walkmans immer noch die Musik summte, zu der sie eigentlich in Ruhe schlafen wollte.

Die Sterne standen gegen sie: Kaum eine Sekunde, nachdem sie ihren ersten Atemzug durch die verbliche-ne Plastikhaube machte, brach die gesamte linke Tragfläche der Tupolew mit einem gewaltigen Ruck ab. Teile der Außenhülle inklusive.

Ganze Sitzreihen mitsamt der darauf angeschnallten Menschen wurden durch den plötzlichen Sog in die Nacht hinausgezogen. Das nun völlig außer Kontrolle geratene Flugzeug drehte sich wie der Aufsatz einer Bohrmaschine durch die Luft. Der Lärm des Absturzes war zu laut, um die Schreie der verängstigten Passagiere zu hören - ihre verzerrten Gesichter garantierten jedoch, dass sie existierten.

Männer und Frauen um Camilla herum versuchten, sich in eine für den Aufprall günstige Sitzhaltung zu bewegen, wurden durch die rotierende Kabine aber immer wieder umhergeworfen. Noch schlimmer traf es die Flugbegleiterinnen und Gäste, die sich nicht rechtzeitig festschnallen konnten: Sie wurden wie Puppen gegen Wände, Fenster und Sitze geschleudert. Manche zogen sich dabei grässliche Verletzungen zu, sodass sie hilflos und vor Schmerzen schreiend durch das Chaos flogen. Einige brachen sich offensichtlich das Genick, wieder andere wurden bewusstlos, konnten sich nicht mehr festhalten und verschwanden durch das immer größer werdende Loch in der Flugzeugwand. Wie ein Staubsauger, der über Kieselsteine fuhr, verschlang der Riss alles und jeden mit einem metallischem Knarzen.

Wollte sich das Universum an Camilla für ihren Selbstmordversuch rächen? Sie mit dem grausamsten Tod für die Frechheit bestrafen, selbst über ihr Ende bestimmen zu wollen?

Unpassender hätte dieser Gedanke, der sie unweigerlich zum Lächeln brachte, nicht kommen können.

»Ein wirklich guter Witz«, sagte sie mit voller Gesprächslautstärke. Natürlich würde sich niemand in ihrer Nähe angesprochen fühlen.

Der Mann neben ihr war zitternd nach vorn gebeugt, den Kopf zwischen den Knien, die Hände darüber gefaltet. Das war die Position, die auf dem Sicherheitscartoon in der Broschüre abgebildet war, die vor jedem Sitzplatz klemmte. Angeblich soll diese Position von den Airlines nur erfunden worden sein, damit sich die Fahrgäste beim Aufprall direkt das Genick brachen. Aus versicherungstechnischen Gründen war es billiger, für einen Tod aufzukommen, als auf Lebenszeit jemanden zu unterstützen, der durch den Unfall bloß seine Beine verloren hatte. Ein Mythos, der vermutlich deshalb so attraktiv war, weil er ein Quäntchen boshafter Wahrheit enthielt: Versicherungen und Großkonzerne nutzten schon immer jede Gelegenheit aus, um Kunden ausbluten zu lassen. Sowohl im wörtlichen, als auch im übertragenen Sinne.

Ähnliches kam Camilla hinsichtlich des Sauerstoffs in den Sinn, den die Passagiere aus den herabgefallenen Masken atmeten. Mit der richtigen chemischen Zusammensetzung würde man sicher eine Möglichkeit finden, etwas durch diese Schläuche in unsere Lungen zu pumpen, was uns gefügig und träge macht. Etwas, wodurch wir unser herannahendes Schicksal bereitwilliger akzeptieren.

Camilla wollte nicht, dass ihr letzter Gedanke albernen Verschwörungstheorien galt, weshalb sie inmitten des Chaos erneut aus dem Fenster sah. Die Dunkelheit offenbarte auch dieses Mal nicht viel: Baumkronen, Schnee, Natur. Viel zu erkennen gab es nicht. Das empfand sie allerdings als passend. So würde es hier schließlich für alle enden: Hinaus ins Ungewisse blickend; versuchend, mit ein wenig Licht durch den dichten Nebel zu sehen, und vielleicht, ja vielleicht, einen Blick auf ein bisschen Frieden zu erhaschen.

Also nahm sie ein zweites Mal Abschied von dieser Welt, während um sie herum Pandemonium herrschte: Die zweite Tragfläche löste sich ebenfalls vom Flugzeug; gerade, als die Maschine ein weiteres Mal auf den Kopf gedreht war. Ein gigantischer Riss klaffte nun auch an der Seite des Flugzeugs, auf der sie saß. Eiskalter Wind und eine übelriechende Flüssigkeit peitschten ihr entgegen. So viel Angst. So viel Horror.

Der Aufprall nahte unweigerlich. Kopfüber rauschte der fallende Metallkörper über die Bäume, die den Sturz zwar abbremsten, gleichzeitig jedoch weiteren Schaden an der ohnehin schon völlig demolierten Außenhülle anrichteten. Längst hatten Übelkeit und Schwindel unbestreitbaren Einfluss auf die Wahrnehmung von Camilla, die sonst ziemlich hart im Nehmen war.

Doch in wenigen Sekunden war es vorbei. Als rutschte man über ein Nagelbrett, schlitzten sich Äste und Stämme durch das Flugzeugdach.

Bis alles ohne jeden Übergang zum Stehen kam. Leblose Körper wurden zerrissen, durch den Raum katapultiert und beim Aufprall bis zur Unkenntlichkeit deformiert. Camillas Kopf prallte gegen etwas Unnachgiebiges; Blut lief ihr unmittelbar über die Augen. Der Kontakt erfolgte so schlagartig, dass der dadurch resultierende Knall auch ihr Gehör lahmlegte. Sie wusste nicht mehr, wo oben und unten war. Sie sah und hörte nichts mehr. Das durch die zerfetzte Außenwand eindringende Frostwetter Sibiriens betäubte ihren Körper.

Dann wurde ihr schwarz vor Augen.

Träumen I

»Ich bin wirklich nicht sicher, ob das der richtige Weg für sie wäre«, hörte Camilla Mr. Chipman durch die geschlossene Tür sagen.

Es war Elternsprechtag und Camilla belauschte das Gespräch zwischen den erwachsenen Parteien. Neben ihr saß Paul, ihr einziger und somit bester Freund. Er trug ein dunkelblaues, um die Hüfte etwas zu enges Sakko mit einer Plastikblume am Revers. Camilla mochte ihn sehr. Besonders seine zotteligen, leicht gelockten, braunen Haare hatten es ihr angetan. Sie erinnerten Camilla an das Fell eines Alpakas. Paul war stets anwesend, wenn Camilla ihn brauchte. So natürlich auch, als sie ihren Klassenlehrer beim Elternsprechtag belauschte und Konsequenzen befürchtete.

»Sie ist offensichtlich unterfordert«, sagte ihr Vater mit einem zu gleichen Teilen genervten wie auch verzweifelten Klang in der Stimme. Er war bei solcherlei Dingen nie sehr geduldig. Der steigenden Lautstärke nach zu urteilen, schien das Gespräch auf einen vollwertigen Streit hinzusteuern.

Camillas Mutter war mit ihrem Zwillingsbruder unterwegs und konnte nicht deeskalierend einwirken. Wahrscheinlich durfte sie sich von einem anderen Lehrer gerade anhören, dass Mason zum wiederholten Male dabei erwischt wurde, wie er eine Steinschleuder oder ähnliches Kriegswerkzeug aus dem Zubehör des Kunstraumes gebastelt hatte.

»Die Kinder haben letzte Woche einen Test geschrieben. Darüber habe ich Sie am Telefon bereits informiert. Ihre Tochter hat bei jeder Frage die falsche Antwort angekreuzt... ausnahmslos«, erwiderte Mr. Chipman zähneknirschend. Mr. Chipman war gerade aus dem Krieg zurückgekehrt und unterrichtete seine Schüler deshalb mitunter eher wie ein Drill-Sergeant.

»Sie wissen ganz genau, dass sie jede Antwort in diesem Test korrekt beantworten konnte. Niemand, der es wirklich versucht, würde jede einzelne Antwort falsch beantworten! Selbst, wenn man völlig willkürlich ankreuzt, würde man die eine oder andere Aufgabe durch Zufall lösen.«

Camillas Vater hatte Recht: Sie war ihren Mitschülern in jedem Fach um Lichtjahre voraus. Ein Umstand, der sie sowohl unter Lehrern als auch unter Klassenkameraden zu einem Sonderling machte. Nie wurde sie zum Spielen eingeladen, keiner wollte neben ihr sitzen. Bis auf Paul hatte sie niemanden, dem sie sich anvertrauen konnte. Auch er war ein Einzelgänger, ein intelligenter Junge mit blasser Haut und genau wie Camilla ein Kind von Immigranten.

Um zu vermeiden, weiterhin als Außenseiterin behandelt zu werden, entschied sie sich in ihrer kindlichen Naivität, bei Tests in der Schule mit Absicht durchzufallen. Natürlich war all dies deutlich zu erkennen und führte zwischen den Erwachsenen nun zu einem hitzigen Streit.

»Mr. Hamilton, mir sind hier die Hände gebunden«, wies ihr Lehrer erneut, diesmal scheinbar endgültig, das Gesuch ihres Vaters ab.

Camillas Eltern hatten schon mehrmals versucht, ihre Tochter eine Schulklasse überspringen zu lassen. Stets fand die Schulleitung allerdings eine andere Ausrede, um den Antrag abzulehnen. Wie auch an jenem Tag. Camilla liebte es zu lernen, hasste ihre Schule jedoch. Das Überspringen von Schulklassen hätte für Camilla bedeutet, nur noch schneller von dieser Schule wegkommen zu können.

»Wir sind nicht in der Lage, ein privates Lehrinstitut zu bezahlen... und das Recht unserer Tochter einzuklagen, würde viel zu spät Früchte tragen.«

Doch auch auf diesen nachdrücklichen Hinweis reagierte Mr. Chipman nicht weniger stur.

»Die Entscheidung der Schule in dieser Sache steht fest«, antwortete er knapp.

Camilla war natürlich viel zu jung um zu verstehen, dass sie nicht nur für ihren überlegenen Intellekt ausgegrenzt wurde. Ende der 70er-Jahre leckten sich die Vereinigten Staaten noch immer die Wunden des Vietnamkriegs. Ein Konflikt, der unzählige Leben und Ressourcen gekostet hatte, Familien auseinanderriss und Ressentiments gegenüber Menschen anderer Abstammung schürte. Viele Veteranen, die nach ihrem Einsatz zurück in die Staaten kamen, nahmen Jobs als Lehrer an und beeinflussten somit – ob sie es wollten oder nicht – mit ihrer Politik die Köpfe der Jugend.

Merklich von der amerikanischen Niederlage verbittert, trug Mr. Chipman seine Furcht und Vorbehalte gegenüber Asiaten offen zur Schau. Dabei war es selbstredend irrelevant, dass Camilla eine amerikanische Staatsbürgerin war. Eine Grundschülerin, die zu diesem Zeitpunkt ihres Lebens noch nie außerhalb ihres Bundesstaates gewesen war. Es war zudem völlig egal, dass Sri Lanka, die Heimat ihrer Mutter, ein paar tausend Meilen von Vietnam entfernt war. Ein Land mit einer komplett anderen Kultur und Sprache.

»Wenn Sie der Meinung sind, dass Ihre Tochter unterfordert ist und sich in meinem Unterricht langweilt, dann schlage ich vor, Sie melden sie bei den Pfadfindern an. Vielleicht lernt sie dort die nötige Disziplin!«

Das Gespräch zwischen Mr. Chipman und Camillas Vater erreichte nun eine Lautstärke, die es dem jungen Mädchen nicht mehr abverlangte, ihr Ohr fest an die Tür zu pressen.

Sie schaute besorgt zu Paul herüber, der den Blick mit großen Augen erwiderte. Auf seiner Nase saß diese zu große Brille, die er von seinem Urgroßvater geerbt hatte. Da würde er noch hineinwachsen, sagte er immer.

Längst war die Auseinandersetzung klar und deutlich zu vernehmen.

»Sie rassistischer...!«, donnerte es nun zwischen den Türrahmen hervor. Für Camilla wirkte es, als würden die Wände wackeln und Putz von der Decke bröseln.

»Was soll ich tun?«, fragte das Mädchen verzweifelt.

Würde es zu einer gewaltsamen Auseinandersetzung kommen, könnte es gewiss weitreichende Konsequenzen für sie und ihre Familie haben.

Doch zum Glück wusste Paul immer, was zu tun war. Diese Souveränität war ein weiteres Merkmal, welches sie an ihrem Freund bewunderte.

»Ach Cammy, das ist doch klar! Ich werd' den Feuermelder betätigen!«, verkündete er selbstbewusst, während er die rote Backsteinwand nach einem Alarmschalter inspizierte.

Camilla, der in dieser Situation keine bessere Lösung einfiel, um den vermeintlich drohenden Kampf zu unterbinden, protestierte nicht.

Also zog Paul, direkt nachdem er fündig wurde, am kleinen roten Hebel: Ein unüberhörbares Schellen ertönte postwendend im gesamten Schulgebäude.

Dann, ohne mit der Wimper zu zucken und in einer dem Broadway würdigen Darbietung eintauchend, rannte er den Flur hinunter und rief: »Feuer, Feuer!«

Leugnen
Whatever Gets You Thru The Night

»Feuer!« schrie ein Mann und riss Camilla aus ihrer Ohnmacht. Kopfüber hing sie, nur von ihrem Sicherheitsgurt gehalten, in ihrem Sitz. Während sie wieder zu sich kam, wunderte sie sich über das rote Licht, das die völlig zerstörte Passagierkabine erhellte. Zumindest für einen Moment. Das Licht wurde von Feuer erzeugt. Feuer, welches bereits auf ihren Mantel übergesprungen war. Mit der Realisation der unmittelbaren Gefahr fuhr ihr auch der Schmerz über die Haut, den sie der Hitze zu verdanken hatte.

Camilla hatte den Absturz, womöglich mehr schlecht als recht, überlebt. Ob sie das Wrack lebend verlassen würde, stand jedoch auf einem anderen Blatt. Der grauhaarige Mann, der sie aus ihrem Schlaf weckte, lag unter ihr an der Decke des umgedrehten Flugzeugs.

Er winkte sie zu sich herunter, als sich ihre Blicke trafen. Camillas Orientierungslosigkeit schwand, ihr klarer Verstand kehrte trotz unerträglicher Schmerzen allmählich zurück.

Vereinzelt brannten Sitze. Und Leichen.

Die Flüssigkeit, die ihr entgegenspritzte, kurz nachdem auch der zweite Flügel abriss, musste Kerosin gewesen sein. Der Treibstoff des Flugzeugs war unter Umständen gefährlicher als der Absturz selbst: Die Dämpfe mischten sich mit der Luft, während beim Aufprall tonnenweise Metall aneinander schabte. Funken trafen dabei auf brennbare Gase, das Interieur entzündete sich. Camilla hatte ein Händchen für Chemie und wusste deshalb, wohin das führen würde: Es war möglicherweise nur noch eine Frage von Sekunden, ehe sich die Luft schlagartig ausdehnen und eine Explosion erzeugen würde. Selbst die Außentemperaturen der russischen Tundra würden dieses Feuer nicht aufhalten können.

Als Camilla an sich herabblickte, sah sie ihren brennenden Mantel. Das Feuer hatte ihren Schoß erreicht.

Sie musste mit bloßen Händen in offenes Feuer greifen um den Sicherheitsgurt zu lösen, der sie kopfüber in der Luft hielt. Das war, selbst im Panikzustand, eine einfache Rechnung: Die Schmerzen, die sie durch den Aufschlag ihres unweigerlichen Falles erleiden würde, wären weitaus geringer als die, welche ihr durch weiteres Zögern bevorstünden.

Der Mann unter ihr hielt eine Decke in der Hand; bereit, die Flammen ihres lodernden Mantels zu ersticken, sobald sie in seine Reichweite gefallen war. Doch die Panik, so sehr Camilla sie auch runterzuschlucken versuchte, würde selbst den simplen Vorgang einer Gurtöffnung um einiges erschweren.

Also brannte Camilla eine weitere Sekunde bei vollem Bewusstsein, um durchzuatmen. Um den Mut und den Willen zu sammeln, an das glühende Metall des Sicherheitsgurtes zu greifen und ihn zu öffnen. Zum Glück pumpte ihr Herz vor Aufregung so kräftig, dass sich das schmerzunterdrückende Adrenalin rasend schnell in ihrer Blutbahn verteilte. Sie war hellwach, fokussiert und scharfsinnig. Sie wusste, was zu tun war - und tat es.

Mit einem dumpfen Knall landete ihr malträtierter Körper auf dem Boden. Der alte Mann, der sie gewiss vor dem Feuertod bewahrte, warf ihr prompt die Decke zu, mit der sie sich abzuklopfen wusste.

Er selbst war ebenfalls verletzt worden. Camilla, die noch immer eine drohende Explosion fürchtete, musterte den Mann auf seine Gehtüchtigkeit. Er blutete stark und eines seiner Beine war unter einer Sitzbank eingequetscht worden. Sein Zustand war kritischer als ihrer. Scheinbar befand sich doch noch ein gewisses Restglück auf ihrem Karma-Konto, immerhin überstand sie den Aufprall mit überschaubaren Blessuren.

Gerade, als sie allein versuchen wollte, das Gewicht über dem verwittert aussehenden Mann anzuheben, bemerkte sie eine junge Frau durch den Rauch stolpern.

»Hey du! Komm hier her!«, brüllte Camilla ihr zu.

Ihr Ruf half der Frau, sich in ihre Richtung zu orientieren.

Mit im Gesicht stehenden Schrecken blickte sie einige Sekunden zu Camilla rüber, bevor sie sich taumelnd näherte.

»Ich kann nicht fassen, dass wir das überlebt haben«, hustete die Frau mit starkem britischen Akzent. Sie trug einen weinroten Blazer und einen schwarzen Rock. *Business-Casual*, schien dafür wohl die richtige Bezeichnung zu sein. Weniger noch als Camilla selbst war sie für die Temperaturen Russlands gewappnet.

Immerhin schien sie auf Camilla den Eindruck zu erwecken, noch ganz bei Sinnen zu sein. Auch lebensbedrohliche Verletzungen konnte sie der Britin nicht ansehen. Grund genug, die Überlebende als helfende Hand einzuspannen.

»Wir müssen die Sitzbank anheben, um sein Bein zu befreien.«

Eine ziemlich klare Ansage, die mit Hilfe der jungen Frau schnell in die Tat umgesetzt war. Noch immer im Unklaren darüber, ob und wann eine Explosion alles zu Asche verwandeln würde, drängte Camilla ihre neuen Freunde dazu, das Wrack schnellstmöglich zu verlassen.

»Ohne Jacke überlebt keine von euch. Der Wind da draußen ist tödlich«, protestierte der alte Mann knapp.

Er hatte Recht. Binnen weniger Minuten in der eisigen Kälte würden sie das Gefühl in den Gliedmaßen verlieren. Ihre Körper würden buchstäblich ein- und folglich erfrieren. Das stand außer Frage.

Also suchte Camilla die Trümmer ab. So sehr ihr der Gedanke widerstrebte, Kleidung und Gegenstände von

Leichen zu entwenden, schien dies kurzfristig der einzige Weg zu sein. Pragmatismus würde in dieser Lage ihr Leben retten.

Tote gab es hier genügend. Es galt jene zu finden, die weder verbrannt, noch von den Turbulenzen zerrissen worden waren.

»Wir müssen ein paar Schritte weiter denken«, warf der Mann ein, während Camilla und die junge Frau Jacken und Mützen von besser bekleideten, verstorbenen Passagieren an sich nahmen.

»Was meinst du damit?«, fragte Camilla.

Doch ein Blick in Richtung ihres Gegenübers erklärte alles: Mit einer langsamen Bewegung zog er seine Thermoweste zur Seite und offenbarte ihr eine schwere Wunde an seinem Bauch. Schwarzes Blut tönte seinen Pullover dunkel. So wie es aussah, floss es direkt aus seinem Magen heraus.

Das war ein verdammt schlechtes Zeichen, wusste Camilla. Rotes Blut kam aus Adern und Arterien. Blutungen, die man mit relativ hoher Wahrscheinlichkeit provisorisch behandeln konnte. Schwarzes Blut hingegen bedeutete eine Verletzung der inneren Organe. Blut, welches mit Magensäure in Kontakt gerät, verdunkelte sich. Natürlich hatten ältere Menschen in der Regel von Natur aus dunkleres Blut, unterschätzen wollte Camilla dieses Zeichen jedoch keineswegs.

»Ich werd' zum Cockpit gehen. Vorne befand sich eine Toilette... ich glaube, wenn ich überhaupt einen

Verbandskasten finde, dann dort. Du passt hier auf!«, delegierte Camilla die junge Frau.

Camilla ging mit dem Mann konform: Sofern sie überleben wollten, mussten sie vorausschauend agieren. Je mehr Überlebende sie waren, desto mehr Ideen konnten sie sammeln, desto mehr Proviant konnten sie tragen, desto höher war die Wahrscheinlichkeit, von Suchtrupps gefunden zu werden.

Durch dichte Nebelschwaden und das sachte, flackernde Licht der Flammen bahnte sie sich ihren Weg an die Vorderseite des einstigen Flugzeuges. Alles stand auf dem Kopf, weshalb ihr das Navigieren durch die Trümmer besonders schwer fiel.

Als sie vorsichtig einen Fuß vor den anderen setzte, begutachtete sie ihre Hände. Die Flammen hatten sie zwar gründlich umschlungen, sich ihren Weg jedoch noch nicht bis zu ihrer Haut gebahnt. Die resultierenden Verbrennungen waren daher zum Glück - sofern man in dieser Situation überhaupt erlaubt war, dieses Wort zu nutzen - nur oberflächlich. Noch spürte sie den bitterkalten Wind an den Fingern, der durch die klaffenden Löcher der Außenhülle hineindrang. Wie Nadelstiche in der Haut griff er jeden Quadratzentimeter ihrer Oberfläche an. Hilfe musste so schnell wie irgend möglich eintreffen.

Im vorderen Teil des zerstörten Vehikels angelangt, offenbarte sich ihr schon das nächste Problem: Hinter der völlig verbogenen Wand, die das Cockpit vom Rest der Maschine trennte, war nichts mehr.

Die Nase der Tupolew war beim Crash abgerissen worden; durch den Schwung und die Kraft des Einschlags weggeschleudert.

Mit einem resignierenden Seufzen starrte Camilla in die Ferne. Sie stand an der Schwelle des Cockpits, das sie an dieser Stelle eigentlich vor sich hätte finden müssen. Stattdessen klaffte vor ihr ein weiteres, gigantisches Loch. Ein Fenster mit ausgefranstem Rahmen, der ihr bei besseren Lichtverhältnissen einen erstklassigen Blick über die Absturzstelle geliefert hätte.

Schon nach wenigen Sekunden an der frischen sibirischen Luft begannen Camillas Augen zu tränen. Sicherlich war die Gesamtsituation geeignet, um einen Heulkrampf zu rechtfertigen - diese Tränen waren dennoch eher auf die harsche Witterung zurückzuführen.

Camilla konnte das alles nicht fassen. Hätte den Damm in ihren Tränenkanälen am liebsten erlaubt zu brechen. Nachdem sie weinte, fühlte sie sich meist besser. Nur die Angst, sich kurz darauf salzige Eiszapfen von der Wange kratzen zu müssen, hielt sie nun davon ab.

Dann endlich ein ersehnter Lichtblick.

Mit zusammengekniffenen Augen konnte sie etwas in der Ferne erahnen. Nach wenigen Momenten hatte sich ihre Wahrnehmung so weit an die Dunkelheit gewöhnt, dass sie das abgetrennte Cockpit ausmachen konnte. Die schneefreie Schneise, welche wie ein roter Teppich zur übergroßen Blechdose führte, lies vermuten, dass das Cockpit nach seiner Kollision mit dem Boden abgebrochen und für eine kleine Strecke auf eigene Faust weitergeschlittert war.

Camilla berechnete in Gedanken ihre Chancen, das Cockpit zu erreichen. Zeit spielte gegen sie alle. Von ihrer Verfassung ausgehend, könnte sie den gepflügten Pfad, der an seinen Seiten von Schnee und brennenden Innereien des Flugzeugs gesäumt war, in wenigen Minuten absolvieren. Auch die Kälte ließe sich für einen kurzen Zeitraum aushalten, wenn sie in Bewegung bleiben würde. Also stiefelte sie in die Nacht hinaus.

Insbesondere nach Einbruch der Dunkelheit mussten die Temperaturen hier so tief unter dem Gefrierpunkt liegen, dass Überleben ohne Schutz unmöglich schien. Das zumindest dachte Camilla, kurz bevor sie einen heiseren Hilferuf aus der Finsternis vernahm.

Wenige Meter von ihrer Route entfernt sah sie die Silhouette eines leicht übergewichtigen Mannes, der schnaufend und mit bloßen Händen im Schnee grub. Offensichtlich handelte sich es um einen weiteren Überlebenden, der ihre Unterstützung benötigte.

»Hey, Sie da! Sind Sie okay?«, rief sie dem Mann entgegen, der sich erschrocken zu ihr umdrehte. Der Mann schien überrascht, noch eine weitere Überlebende zu sehen, vergeudete aber keine Zeit mit höflichen Floskeln.

»Kommen Sie her!« schnaubte er winkend.

Camilla musterte den Mann für einen kurzen Augenblick, um sicherzugehen, dass es sich nicht um einen in Schock verfallenen Passagier handelte, der in seinem Wahn zur Bedrohung wurde.

Allerdings wirkte er - abgesehen von einer gewissen Zerstreutheit, die man nach einem Flugzeugabsturz durchgehen lassen konnte - völlig bei Verstand.

»Unter dem Schnee lebt noch einer, das hab' ich klar und deutlich gehört«, insistierte er und zeigte auf das dichte Weiß unter seinen Füßen, als Camilla sich ihm näherte. Er trug eine braune Lederjacke und dicke, schwarze Handschuhe, mit denen er unentwegt versuchte, den Schnee beiseite zu schieben. Er war ein Mann mittleren Alters, der trotz seiner korpulenten Statur einen gesunden Eindruck machte. Zwar hatte er eine Glatze, was bei diesen Temperaturen sicherlich nicht von Vorteil gewesen war, doch wirkte er in jeder anderen Hinsicht mit jugendlicher Fitness gesegnet. Der kristallisierte Atem, der ihm bei jedem Schnaufen entfuhr, strahlte gekoppelt mit der rot leuchtenden Kopfhaut etwas sehr Autoritäres aus.

Seine Vermutung, dass sich ein weiterer Überlebender direkt unter ihnen befand, stellte sich als korrekt heraus: Die Schneedecke zitterte, ehe eine Hand aus ihr hervorbrach. Mit einem tiefen, unüberhörbaren Atemzug sprang sogleich ein ausgemergelter, alter Mann aus der weißen Düne hervor. Er rief irgendetwas auf Russisch, blickte hektisch um sich und wedelte mit den Armen.

Mithilfe manischer Bewegungen befreite sich der Gerettete und tauchte nach und nach vor den beiden Überlebenden auf.

»Sprichst du Russisch?« richtete sich der stämmige Mann in der Lederjacke an Camilla. Er war sicherlich, genau wie sie, ein Opfer des amerikanischen Schulsystems und hatte keinerlei Fremdsprachenkenntnis.

»Kein Wort«, gab sie schulterzuckend zurück und dachte an das russische Wörterbuch, welches gewiss beim Absturz verbrannt war.

Für einen kurzen Moment lang schauten sich die drei Unfallopfer wortlos an, bis der Russe, endlich etwas zur Ruhe kommend, sagte:

»Aber ich spreche Englisch. Bisschen.«

Dann lachte er und zog ein fast steifgefrorenes Taschentuch aus der Innentasche seiner Jacke, in das er mit einem lauten Tröten hineinschnäuzte.

»Alles in Ordnung?«, fragte Camilla das reichlich zerknitterte Bergungsgut.

»Ja, ja. Bein tut mir weh und kalt ist es, aber ich bin heile.«

Der russische Mann schien sich relativ schnell gefangen zu haben. Es war unklar, wie er so weit aus dem Flugzeug geschleudert werden konnte, ohne schlimmere Schäden davongetragen zu haben.

»Da sind noch zwei Überlebende«, verriet Camilla und zeigte mit dem Finger auf das Flugzeugwrack hinter sich. »Einer ist schwer verletzt. Innen brennt es stellenweise und ich fürchte, dass es eine Explosion geben könnte.«

»Die gab es schon«, antwortete der stämmige Amerikaner. »Ich bin schon eine Weile wach. Wie schon das Cockpit und die Tragflächen hat sich beim Absturz wohl auch der Tank verselbstständigt. Der ist irgendwo da drüben in Flammen aufgegangen. Hättest du eigentlich hören müssen.«

Er winkte grob in die Richtung, aus der ihr Flugzeug gekommen war. Camilla zuckte mit den Schultern. Dass sie nach dem Lärm eines Flugzeugabsturzes inmitten eines Schneesturms überhaupt noch irgendetwas hören konnte, schien ihr schon eine Besonderheit zu sein.

»Wie dem auch sei... jedenfalls findet ihr im Wrack ein wenig Schutz vor dem Wind. Wir treffen uns gleich dort; geht schon mal vor. Ich muss zum Cockpit - da ist vielleicht ein Verbandskasten.«

Der Mann in der Lederjacke nickte zustimmend und musterte Camilla kurz. Sie war trotz ihrer Zähigkeit eine zierliche Frau. In ihrer viel zu großen Winterjacke musste sie für den kernigen Kerl ziemlich lustig ausgesehen haben.

»Dann nimm meine Handschuhe«, sagte er, bevor er den Russen beim Laufen stützte und mit ihm in Richtung Flugzeug humpelte.

Camilla hielt einen Moment inne und blickte um sich. Verbogene Stahlteile, umgeknickte Bäume, verstreute Koffer, Leichen: Sollte ein Aufklärungsflugzeug geschickt werden, um die Absturzstelle ausfindig zu machen, würden die Rettungskräfte das Wrack gewiss auch aus enormer Höhe erkennen.

Ob und wann jedoch ein Bergungstrupp hierher aufbrechen würde, stellte ein viel größeres Fragezeichen dar.

Am abgetrennten Kopf des abgestürzten Stahlvogels angekommen, wurde Camilla die Beschwerlichkeit der kommenden Stunden auf dramatische Weise klar. Selbst der kurze Marsch von ihrem Sitzplatz herüber zum zerbeulten Cockpit kostete Unmengen an Energie. Natürlich hatte sie körperliche Ertüchtigung in den letzten Wochen ein wenig schleifen, um nicht zu sagen völlig links liegen lassen, doch war es vor allem die sibirische Unbarmherzigkeit, die ihr jeglichen Antrieb förmlich aus den Knochen saugte.

Außer Atem musterte sie die Überreste der Pilotenkabine. Durch ein rundes Fenster konnte sie einen Blick in das Innere erhaschen: Drei uniformierte Männer lagen regungslos über ihren Armaturen. Der Aufprall hatte sie von allen Menschen an Bord am härtesten getroffen. Ihr Tod war, bedachte man die Umstände des Absturzes, nahezu garantiert.

Neben den verunglückten Piloten registrierte Camilla auch den Verbandskoffer an der Wand. Schon fast erstaunt darüber, etwas halbwegs Unbeschadetes gefunden zu haben, drückte sie gegen die Eingangstür, die sonst den Steuerraum vom restlichen Flugzeug abtrennte.

Ein metallenes Kratzgeräusch signalisierte prompt, dass etwas nicht stimmte. Die Tür schien zunächst keine größeren Makel davongetragen zu haben, war bei genauer Inspektion jedoch derart verbogen, dass sie sich mit einfacher Körperkraft nicht mehr als einen handbreiten Spalt weit öffnen ließ. Camilla wunderte sich schon gar nicht mehr darüber, dass hier auch wirklich gar nichts mehr zu ihren Gunsten lief.

Noch während sie ihr Gewicht gegen die versperrte Tür presste, tauchte plötzlich ein junger Mann hinter ihr auf. In seiner Hand hielt er einen Spaten, den er in die schmale Öffnung der Metalltür schob und diese mit großem Kraftaufwand aufhebelte.

»Oh Gott sei Dank. Danke!«, pustete Camilla.

Die unerwartete Hilfe kam gelegen, immerhin ging es nach wie vor um Leben und Tod. Eine Gleichung, die bisher sehr unausgeglichen aufgeteilt war.

»Kein Problem. Gemeinsam sind wir stärker.«, antwortete der Mann. Sein Akzent war zwar nicht minder auffällig als der des Mannes, den sie vorhin aus dem Schnee befreit hatten, allerdings sprach dieser deutlich verständlicher. Seine Statur war dünn, seine Haut blass und die Brille, welche er auf seiner dicken Nase balancierte, alt und verbogen. Auf Camilla machte er den Eindruck eines Computerhackers, oder zumindest eines Menschen, der sich zu bedenklichem Maße an Zahlen und Statistiken erfreute. Kurzum jemand, den sie als sympathisch erachtete.

»Mein Name ist Pawel. Freut mich, trotz der Umstände, Sie kennen zu lernen.«

Er reichte Camilla eine Hand, deren Knöchel durch die Kälte hellrot leuchteten. Seine Gelassenheit verblüffte sie. Irgendetwas schien ihr vertraut an ihm.

Vielleicht waren es die Muttermale an seinem Kinn und Hals, vielleicht auch die Art wie sich seine lockigen Haare im Wind umsortierten. Für einen Augenblick wühlte Camilla in ihren Erinnerungen, wurde jedoch von einer harschen Windböe zurück in die Gegenwart gerissen.

Camilla nahm seine Hand, mit der er ihr ins innere des Cockpits half. Die Kabine war eng und dunkel; der Verbandskasten schnell geborgen. Die toten Piloten würden ihn nicht mehr brauchen.

Sie wunderte sich, dass die Crew bei der Kollision nicht durch die Windschutzscheibe geschossen wurde, wie sie es von Crashtests aus dem Fernsehen kannte. Allerdings schienen sowohl Sicherheitsgurte als auch Frontscheiben verhältnismäßig unversehrt geblieben zu sein. Ein merkwürdiger Anblick. Besonders in Anbetracht der Tatsache, dass im hinteren Teil des Flugzeugs ganze Sitzreihen aus ihrer Verankerung gerissen worden waren.

Das wiederum ließ Pawel hoffen, dass es sich mit den Bordinstrumenten ähnlich verhielt, weshalb er versuchte, ein Funkgerät oder ähnliche Kommunikationsmöglichkeiten zu finden. Enttäuscht mussten sie feststellen, dass jegliche Bemühungen, die Elektronik wieder in Gang zu setzen, von vornherein vergebens wären.

Ganz mit leeren Händen würde Camilla dennoch nicht zurückkommen. Neben dem dringend benötigten Verbandskasten hingen weitere Gegenstände für den Notfall an der Wand: Eine kleine Axt und eine rote Leuchtpistole mitsamt der passenden Patronen, die sich gewiss als nützlich erweisen würden, konnte Camilla nun ihr Eigen nennen.

Im zersplitterten Rumpf der Maschine, dem provisorischen Unterschlupf, trafen alle Überlebenden erstmals gesammelt aufeinander. Insgesamt waren sie zu sechst. Sechs Personen, die den Absturz in einer der menschenfeindlichsten Umgebungen der Erde überlebt hatten.

»Alle mal herkommen und zuhören«, seufzte der grauhaarige Amerikaner, der wegen seiner schweren Verletzung unter Schmerzen versuchte, bei Bewusstsein zu bleiben. In seiner Stimme schwang ein starkes Maß an Autorität; eine Unfehlbarkeit, die ihm in seinem Leben gewiss von Vorteil war. Er saß vor einem kleinen Lagerfeuer aus Holz- und Stoffresten, auf einem Sitzpolster, mit dem Rücken an eine Wand angelehnt. In einer Hand hielt er eine Zigarette, die er an dem schwach lodernden Feuer entzündete.

»Mein Name ist William Daniel und wenn ihr leben wollt, solltet ihr jetzt gut zuhören. Der liebe Gott hat mich schon, seit ich ein junger Knabe war, den verschiedensten Prüfungen unterzogen. Ich bin Jäger, war Scharfschütze für die Army. Gefährliche Situationen sind mir nicht fremd. Immer kämpfte ich mich durch.«

Inmitten seines Monologs beachtete er nicht einmal Pawel, der mit dem Verbandszeug vor sich ausgebreitet nach bestem Wissen versuchte, Williams Wunden zu verarzten.

»Für mich gibt es keine Chance mehr, hier lebend herauszukommen. Der Blutverlust, die Kälte. Das hier wird mein Ende sein. Ihr hingegen könntet es, sofern die Maschine nicht zu weit vom Kurs abgekommen ist, schaffen. Und ich werde euch erklären, wie.«

William hustete mit schmerzverzerrter Mimik. Seine Stimme klang seltsam; so als würde er nebenher noch eine Mundspülung gurgeln. Was ihn gleichzeitig nicht davon abhielt, lang und kräftig an seiner Zigarette zu ziehen. Beim Husten zogen sich Bauchmuskeln zusammen, die auch seine Verletzung betrafen. Die dadurch erzeugten Qualen waren ihm deutlich anzusehen. Er hatte Recht, lange würde er nicht mehr durchhalten.

»Ihr müsst zusammen bleiben, euch um jeden Preis warm halten und dürft auf keinen Fall aufgeben.«

Camilla, die noch vor kurzem den Entschluss gefasst hatte, ihr Leben vorzeitig zu beenden, war nicht sicher, ob sie die Survival-Lektionen wirklich hören wollte.

»An Bord befanden sich Nahrungsmittel. Und Getränke, die, sofern sie nicht alle zerstört wurden, noch geborgen werden können«, warf die junge Frau ein, die passenderweise auf einem umgestoßenen Getränkewagen saß.

Mit einem rabiaten Handgriff zog sie an einer Schublade unter ihr und offenbarte dadurch eine Schachtel mit kleinen Sektflaschen.

»Alkohol ist keine gute Idee«, bemerkte William Daniel mit einem Augenrollen.

»Das ist mir jetzt ehrlich gesagt völlig egal«, widersprach der Mann in der Lederjacke, der Camilla vorhin mit Handschuhen ausstattete.

»Ich lebe. Das muss angemessen gefeiert werden. Oder betäubt... je nachdem, ob man ein Glas-halb-voll- oder Glas-halb-leer-Typ ist.«

Die junge Dame reichte daraufhin jedem der überlebenden Passagiere eine der Flaschen, die nicht beim Absturz zerbrochen waren.

Sowohl die beiden Russen als auch Camilla nahmen einen Sekt entgegen und drehten den Schraubverschluss zielstrebig auf.

»Budem sdorowy«, grüßte der alte Russe und kippte das Gesöff herunter.

»Wir sollten es uns hier halbwegs gemütlich machen. Falls jemand nach uns sucht, wird man uns in der Dunkelheit bestimmt nicht finden. Wenn sie überhaupt vorm Morgengrauen starten. Diese Nacht müssen wir in jedem Falle auf eigene Faust überleben«, argumentierte Pawel.

William nickte zustimmend, wies alle Anwesenden dazu an, näher zusammen zu rücken und sich so gut wie möglich vom Wind zu schützen.

»Wir wissen nicht, was passiert ist. Daher müssen wir vom Schlimmsten ausgehen und mit der Vermutung arbeiten, dass die Piloten vor dem Aufprall nicht in der Lage waren, unsere Koordinaten weiterzugeben. Möglicherweise sind wir auf uns allein gestellt. Aber keine Panik: Die nächsten Schritte sind, alles in allem betrachtet, vergleichsweise einfach«, versicherte William, der die Taschen seiner Hose leerte und signalisierte, dass man es ihm gleichtun sollte.

»Jetzt müssen wir uns vor allem aufwärmen. Stellt euch einander vor, bleibt beieinander und bündelt eure Ressourcen. Ich bin, wie bereits erwähnt, William Daniel. Von Beruf Jäger. Ich wurde herbeordert, um eine Forschungsstation vor der Wildnis zu beschützen.«

Aus seiner Tasche zog er einen Schlüsselbund und eine Schachtel Zigaretten, die er den anderen Absturzopfern anbot. Mit einem schwachen Winken schickte er das Wort im Uhrzeigersinn um die Feuerstelle.

Somit war der korpulente Amerikaner an der Reihe.

»Mein Name ist Glenn Regan. Ich bin Geologe. Hab' den Großteil meines Lebens auf einer Bohrinsel verbracht. Ich hatte kürzlich einen... Streit. Wurde daraufhin hierher versetzt, geht euch aber nichts an. Tut hier ja auch nichts zur Sache.«

Die durch diese harsche Wahrheit erzeugte Stille wurde nur vom Knistern des Feuers und Heulen des Windes entspannt. Als er sein Portemonnaie öffnete, um nichts weiter als ein paar Scheine in amerikanischer und russischer Währung hervorzuholen, erhaschte Camilla einen flüchtigen Blick auf die Fotos mehrerer Kinder.

»Ich bin Amanda Copeland, Handelsreisende aus Schottland«, führte die junge Dame das Kennenlernen fort.

»Wie bei Kafka!«, lachte der alte Russe.

»Wer?«, fragte Amanda.

»Kafka! Die Verwandlung!«, rief der offenbar belesene Russe den fragenden Gesichtern um sich herum entgegen.

Erneute durchfuhr peinliche Stille das Wrack.

»Hast du irgendetwas Brauchbares dabei?«, fragte William die junge Frau schließlich.

Amanda schüttete kommentarlos ihre Handtasche, die sie während des Absturzes offenbar fest umklammert hielt, vor ihren Füßen aus. Der Inhalt war jedoch ernüchternd: Kaugummis, Lippenstift, ein paar Münzen, Schlüssel und zwei entwertete Flugtickets.

»Unwahrscheinlich, dass uns das weiter bringt«, sagte Glenn mit gereiztem Tonfall. Bevor er weitere demotivierende Kommentare nachlegen konnte, unterbrach ihn der alte Russe mit einem kindlichen Grinsen auf dem Gesicht.

»Ich bin Igor Nikolaev. Aber ihr dürft Igor sagen. Ich komme frisch aus dem Gefängnis!«

Erstaunt über die soeben empfangene Information blickten alle erwartungsvoll zu Igor auf.

»Aber keine Sorge, ich war unschuldig. Hab nichts gemacht - war zu Unrecht im Gulag.«

Um anzudeuten, dass er nichts von Nützlichkeit bei sich führte, zog er die Innenseiten seiner Hosentaschen nach außen.

»Warum bist du denn hier?«, fragte Daniel.

»Ich wollte als kleiner Knabe immer das Polarlicht sehen. Bin nie dazu gekommen. Im Gulag war ich dann nicht mehr dazu in der Lage. Also habe ich mir geschworen: Sollte ich jemals freikommen, werde ich es sofort nachholen.«

Igor, den plötzlich ein eher betrübter Gesichtsausdruck zeichnete, zuckte mit den Schultern.

»Die Hauptsaison ist vorbei... aber mit ein bisschen Glück sehen wir es alle gemeinsam.«

»Glück!?«, spottete Glenn Regan, doch Igor beachtete ihn nicht. Stattdessen drehte er sich zu seiner Linken und gab das Wort an den nächsten Überlebenden weiter.

»Pawel Kovic. Ich bin Biologe an besagter Forschungsstation«, kam es kurz und knapp aus Pawel hervor. Dann legte er sowohl die Axt aus dem Cockpit als auch die Schaufel, mit der er den Zugang zu ebenjenem ermöglichte, vor sich auf den Boden.

Er machte schon vorhin einen eher zurückhaltenden Eindruck auf Camilla.

Dass sie Kollegen geworden wären, hätte ihnen der Absturz keinen Strich durch die Rechnung gemacht, machte sie zumindest in gewisser Weise neugierig. Immerhin gab es dadurch eine Chance auf einen Themenwechsel, sollte ihr bevorstehender Tod nicht mehr unterhaltsam genug sein.

»Sind Sie Russe? Sie sprechen außerordentlich gut Englisch«, fragte Glenn Regan.

»Ja, ich habe mal für eine Weile in Amerika gelebt«, antwortete der junge Mann stolz.

Fast war die Vorstellungsrunde vollzogen, als alle zu Camilla herüberblickten.

Vor ihrem Autounfall empfand sie das Reden vor Publikum schon als mühselig. Nun jedoch, nach monatelanger Isolation, erschien es ihr wie die reinste Tortur, fremden Menschen von sich selbst zu erzählen.

»Ich bin Camilla Hamilton. Von Beruf bin ich Paläontologin und sollte ebenfalls an der neuen Forschungsstation arbeiten«, gab sie letztlich, nachdem sich der Knoten in ihrem Hals lockerte, preis.

»Und? Hast du irgendetwas bei dir, was unsere Lage erleichtern könnte?«, fragte William Daniel und zeigte auf die Signalpistole, die Camilla mit ihren großen Handschuhen festklammerte.

»Die werden sicherlich helfen, Aufmerksamkeit zu erwecken. Könnten uns das Leben retten«, sagte Pawel.

»Verwendet sie mit Bedacht. Stellt sicher, dass euer Signal auch wirklich gesehen werden kann, wenn ihr es abfeuert«, erklärte der sichtlich leidende William.

Die Formulierung seiner Worte ließ kein Zweifel darüber zu, dass er sich mit seinem nahenden Tod abgefunden hatte. Während Camilla in ihren leeren Taschen wühlte, fiel ihr auf, dass nun nicht nur ihr Gepäck, sondern auch ihre Tabletten in den Weiten der Tundra verschollen waren. Sie ahnte, dass dieser Verlust noch für Probleme sorgen würde.

»Nun sammelt eure Kräfte. Morgen früh müsst ihr alle in der Umgebung verstreuten Koffer bergen. In einem davon befindet sich mein Gewehr. Könnte nützlich sein. Außerdem habe ich einen Koffer mit Anglerbedarf gesehen. Auch bessere Kleidung, Werkzeuge und Proviant könnte unter den Fundsachen sein«, erläuterte er das bestmögliche Vorgehen.

So schwer es auch war, in dieser beißenden Kälte auch nur an Erholung zu denken, gelang es den Überlebenden schlussendlich, einzuschlafen. Trotz Todesangst und schmerzender Knochen. Nur Camilla, die es mit cleverem Einsatz von Decken, Polstern und Jacken sogar schaffte, ein nahezu komfortables Bett zu simulieren, bekam kein Auge zu. Zu schwer fiel es ihr, die vielen Denkprozesse in ihrem Kopf zu pausieren. Wenigstens hatte sich der Sturm so schnell wieder verzogen, wie er erschienen war. Der hätte die ohnehin schon tödlichen Temperaturen nur noch weiter in die Tiefe getrieben. Auch das kleine Feuer, um das alle Passagiere versammelt waren, kämpfte tapfer darum, nicht zu erlöschen. Zudem war es die einzige Lichtquelle, die das sonst in nächtliches Schwarz gehüllte Umfeld aufdeckte.

Camilla richtete sich langsam auf; bemüht, niemanden zu wecken. Ihrem Gefühl nach starrte sie nun schon mehrere Stunden durch die rundlichen Fenster, durch die sie hunderte Sterne am Firmament beobachten konnte. Sie hatte schon ewig keinen so klaren Nachthimmel gesehen. Selbst in solch verzweifelten Situationen warf einem das Universum hin und wieder einen Knochen hin. Doch nur wenn man den Kopf hoch hält, kann man die Sterne sehen.

Aufrecht auf ihrem Polster sitzend rieb sich Camilla ihre Augen.

»Du bist auch noch wach?«, hörte sie William mit einem Röcheln sagen.

Camilla nickte.

»Du solltest wirklich versuchen zu schlafen. Du wirst die Energie brauchen.«

Camilla rutschte ihm ein Stück entgegen.

»Das gilt doch für dich genauso«, flüsterte sie.

»Wenn ich einschlafe, wache ich nicht wieder auf.«

»Hast du Angst?«, fragte Camilla, nicht sicher, ob sie mit dieser Frage etwas zu forsch gewesen war. Die Ruhe, die William seit jeher ausstrahlte, machte sie neugierig.

»Ich musste nachdenken. Mir ist klar geworden, dass ich aus den falschen Gründen hergekommen bin. Das bereue ich.«

William unterdrückte ein feuchtes Husten.

»Ich glaube, mein Sohn hasst mich. Und er hat allen Grund dazu, er sollte es sogar. Ich wollte einfach nicht wahr haben... ich bin vor etwas davongelaufen. Dieser Einsatz... all dies diente nur meinem Stolz. Ich wollte die Augen vor etwas verschließen.«

»Warum sollte er dich hassen?«, hakte Camilla nach.

»Weil Hass alles war, was ihm von mir geblieben ist. Ich glaube nicht, dass ich ihm etwas von Wert hinterlassen habe.«

Es war offensichtlich, dass William etwas auf dem Herzen hatte. Und Camilla sympathisierte mit den Worten des alten Mannes - schließlich war auch sie vor etwas weggelaufen.

»Mein Sohn... war schon immer ein Rebell. Ich und meine Frau nahmen unsere Religion sehr ernst... weshalb es wohl kein Wunder war, dass er auch damit irgendwann auf dem Kriegsfuß stand. Und als er die Courage gesammelt hatte, mir zu sagen, dass er aus der Kirche austreten würde; nicht mehr an Gott glaubte, stieß ich ihn fort. Ich sah es als einzigen Weg, war fest davon überzeugt, dass sein sündhaftes Verhalten auf seine Geschwister abfärben könnte... dass er ihre Seelen aufs Spiel setzte. Er war gerade sechzehn Jahre alt geworden. Ich sah mich in meinem Handeln völlig gerechtfertigt, gar von Gott gelenkt.«

Camilla schwieg. Sie selbst war nicht religiös, hielt die Rituale und Gebräuche von Gläubigen immer für irrational und bisweilen sogar albern. Doch sie wollte Daniel nicht vor den Kopf stoßen.

»Ich hörte ihm nicht zu und sagte Dinge, für die ich mich nun schäme. Denn jetzt sitze ich hier, meine letzten Atemzüge in greifbarer Nähe. Doch mein Sohn ist es nicht. Und die letzten Worte, die er aus meinem Mund hörte, waren, dass er nicht mehr mein Sohn sei.«

Williams Stimme brach ab, Tränenflüssigkeit sammelte sich auf seinen vom Alter getrübten Augen.

»Er fürchtete sich so sehr davor, mir all dies zu gestehen. Jahrelang hab ich meiner Familie die Verse aus der Bibel vorgelesen, die derlei Verhalten verdammten.

Doch ich habe nicht nur vorgelesen... ich habe mich selbst zum Richter erhoben. Ich habe gepredigt. Ohne zu wissen, dass ich meinen eigenen Sohn damit auf die Folterbank legte...«

William atmete, als hätte er gerade einen Sprint absolviert. Er war nervös.

Camilla versuchte gerade, sich etwas Besänftigendes auszudenken, um den sterbenden Mann zu beruhigen, als dieser erneut das Wort ergriff.

»Ich habe vor ein paar Monaten erfahren, dass er danach lange auf der Straße lebte, sich von Tag zu Tag durchschlug. Meine Schuld. Ich habe ihn dazu erzogen, seine Wahrheit zu fürchten, sein eigenes Naturell zu bestreiten. Wie konnte ich nur zulassen, dass ich zu dieser Figur wurde?«

»Wir Menschen sind gut darin, Dinge zu leugnen, die uns unsere Schwächen offenlegen«, bot Camilla als Erklärung an.

Dabei bezog sie auch ihr eigenes Verhalten mit ein. In der ersten Zeit nach ihrem Autounfall versuchte auch sie die Ereignisse von sich zu stoßen; verweigerte es, sich ihre Tat einzugestehen. Sie versank in Selbstmitleid, fing an zu trinken, sich zu betäuben. Doch was auch immer sie damit zu ertränken versuchte, hatte längst gelernt zu schwimmen. Und selbst hier, am Ende der Welt, wurde sie von ihrer Schuld eingeholt. Wie ein Schatten: Unmöglich abzuschütteln, immer dicht auf ihren Fersen.

»Ich weiß, dass mein Sohn mich nicht vermissen wird. Und mir das selbst einzugestehen... schmerzte.

Die Angst vor dem Tod kann da nicht mithalten. Ich wollte es nicht wahr haben.«

Was noch vor Anbruch des nächsten Morgens geschah, war unausweichlich. Camilla saß bei William, bis der alte Mann, der auf seinem provisorischen Totenbett lag, für immer die Augen schloss. Es war seine Beichte, die auch von Camilla eine Last nahm.

Zum ersten Mal seit dem Unfall, bei dem sie den Tod eines Kindes verschuldete, sah sie klar. Sie konnte ihre Tat in aller Deutlichkeit vor sich sehen, ohne dass sich die Haare auf ihrem Arm aufstellten.

Nur die Tränen ließen sich nicht aufhalten.

Camilla prüfte den Puls des Mannes. Sie wusste bereits, dass er tot war. Ob sein Ableben durch die Schuldgefühle, die er mit sich trug, beschleunigt wurde, wusste sie nicht. Sie schloss seine Augen und verbrachte einige stille Minuten neben ihm.

Wenig später brachen die ersten Lichtstrahlen durch die Risse und Löcher, Fenster und Öffnungen des Flugzeugs.

Protestieren
Mind Games

»Ich finde, wir sollten ihm irgendwie gedenken. Eigentlich allen hier«, sagte Amanda.

»Und wie? Kannte ihn einer von euch? Ich hab' jedenfalls keine Ahnung, wer der Kerl war«, entgegnete Glenn spöttisch, während er eine Sitzreihe im hinteren Teil des Wracks nach nützlichen Utensilien absuchte.

»Musst du eigentlich immer auf Konfrontation gehen?«, feuerte Amanda zurück.

Igor richtete sich auf, um als Mediator zu fungieren.

»Denkt an Williams Worte. Zusammenhalten! Zumindest das sollten wir einhalten.«

Glenn, der herzlich wenig auf Teambuildingmaßnahmen gab, ignorierte diesen Einwand. Seine Aufmerksamkeit war auf einen Kugelschreiber gerichtet, den er zwischen den Trümmern hervorzog.

»Na endlich!«, kommentierte er stolz seinen Heureka-Moment. Schon seit einer Stunde durchkämmte er ihr Quartier nach Gegenständen und fand sogar den Walkman von Camilla wieder.

Diesen vermisste sie bereits, nachdem sie ihn in der beispiellosen Hektik des Absturzes verloren hatte. Sogar Batterien konnte Glenn für sie auftreiben.

»Wie geht es nun weiter?«, fragte Pawel, der den gesamten Morgen wortlos am schwachen Feuer saß.

Camilla hatte den Körper von William Daniel zugedeckt, nachdem er seinen Verletzungen erlegen war.

»Er hat empfohlen, das um die Absturzstelle verstreute Gepäck zusammenzusammeln«, sagte sie.

»Und danach brechen wir auf«, schlug Pawel vor.

»Ich wäre eher dafür, dass wir hier bleiben und auf Rettung warten«, widersprach ihm Amanda.

»Was ist, wenn keine kommt?«, wollte Igor wissen.

»Das Hauptproblem ist die Zeit. Dieser Teil Russlands ist riesig und keiner von uns weiß, wo genau wir abgestürzt sind. Also sollten wir annehmen, dass auch niemand sonst darüber Bescheid weiß. Es könnte Tage dauern, bis uns jemand findet. Tage, die wir nicht haben. Nicht so hoch im Norden, bei diesen Temperaturen. Dass Brennmaterial und Nahrung immer knapper werden, erschwert die Situation ebenfalls.«

Pawel hatte bereits im Detail abgewogen, wie sie ihre Überlebenschancen maximieren konnten.

Glenn, der sich zum wiederholten Male konträr zum Rest der Gruppe aussprach, wollte lieber auf einen Bergungstrupp warten. Wirklich involviert war er in das Gespräch nicht mehr. Vielmehr richtete sich sein Blick auf seine Knie: Auf einem zerknitterten Zettel schrieb er mit zitternder Hand einen Text, das Papier dabei über seinen breiten Oberschenkel drapiert.

Amanda und Glenn stimmten dafür, zu bleiben. Camilla und Pawel wollten, sobald sie die Trümmer abgesucht hatten, in Richtung Süden ziehen. Die Himmelsrichtungen ließen sich leicht ermitteln, auch hier hatte Pawel bereits vorgearbeitet: Die ersten Sonnenstrahlen kamen aus dem Osten. Wenn sie also noch an diesem Morgen losmarschieren wollten, sollte der Süden voraus liegen, sofern sie die Sonne zu ihrer Linken behielten. Das Flugzeug landete zum Glück auf einer Anhöhe, was es Pawel ermöglichte, die Umgebung zu mustern. In südlicher Richtung schien es weitaus mehr Vegetation zu geben. Mehr Bäume, weniger Schnee - der Gedanke lag nahe, dass sie sich in einem Randgebiet zwischen Tundra und Taiga befanden. Der Weg gen Süden würde ein erheblich milderes Klima mit sich bringen. Hier, wo der Wind ununterbrochen über die Erde peitschte, würden sie nicht lange durchhalten.

»Im Süden ist der Wald«, sagte Igor, dessen Stimme beim aktuellen Gleichstand in der Wahl den Ausschlag geben würde.

»Und was soll das bedeuten?«, fragte Glenn genervt.

»In diesem Wald wohnt Baba Jaga«, antwortete der alte Russe kurz angebunden, woraufhin er jedoch nur weitere fragende Blicke erntete.

»Baba Jaga! Die Hexe!«, schob er nach.

Pawel zog die Augenbrauen hoch. Er war sich nicht sicher, ob der verdatterte Russe tatsächlich Angst vor einem Kindermärchen hatte.

»Genug von diesem Unsinn«, rief Glenn Regan in die Runde und stand mit dem Geräusch knackender Knochen auf. Den Zettel, auf dem er eben noch einen Brief zu verfassen schien, faltete er sorgsam zusammen und schob ihn in die innere Brusttasche seiner Lederjacke. Dann marschierte er nach draußen.

»Ihr wollt abhauen? Soll mir recht sein, solange wir keine Zeit verschwenden. Wir haben nicht mehr viel Brennstoff und dieser widerliche Sekt wird uns auch nicht am Leben halten.«

So teilten sich die überlebenden Passagiere um das Wrack auf, um Gepäckstücke und andere vermeintlich nützliche Gegenstände zu bergen. Igor brach die Plastikscheibe eines der runden Fenster in keilförmige Scherben, aus denen er Messer bastelte und an seine Mitstreiter verteilte.

Amanda sammelte unterdes jedes halbwegs trockene Stück Brennholz. Die über den Schnee geschlitterten Wrackteile hatten mehrere Tannen gefällt, die leicht genug waren, um sie mit der Axt zu zerkleinern und zurück zu ihrem Quartier zu ziehen.

Glenn stand mit rotem Kopf am Rande der Lichtung und buddelte Koffer und Taschen der Absturzopfer aus. Camilla beobachtete sein qualmendes Haupt aus der Ferne und fragte sich, warum er wohl so wütend war.

Sie fand eine dunkelbraune Fellmütze, die mit pelzigen Flügeln links und rechts ihre Ohren schützte.

Igor lächelte sie mit einem breiten Grinsen, bei dem die Unvollständigkeit seiner Zähne präsentiert wurde, an.

»Uschanka!«, rief er ihr entgegen.

Pawel, der nicht unweit von ihr ebenfalls im Schnee grub, winkte sie, offenbar um Hilfe bittend, zu sich herüber.

»Wer ist Baba Jaga?«, fragte Camilla.

»Eine alte Hexe aus der slawischen Mythologie. Sie wohnt in einer Hütte im Wald und gilt als Hüterin von Leben und Tod«, erklärte Pawel.

»Und was ist an ihr so furchterregend?«

Pawel sah kurz zu ihr auf, zuckte mit den Schultern und lachte verhalten.

»Es gibt viele verschiedene Versionen der Geschichte. Meine Großeltern haben mir immer erzählt, dass sie den Tod jeder Person voraussehen konnte, die sie berührte.«

»Gruselig«, resümierte Camilla trocken. Sie mochte den kurzen Augenblick, in der sie ein Gesprächsthema fanden, das nicht direkt mit dem Absturz in Verbindung stand.

»Es ist ja nur eine Geschichte. Frei erfunden.«

»Ach, selbst in solchen Märchen steckt immer auch ein Funken Wahrheit«, widersprach Camilla. »Im antiken Griechenland erzählte man sich Geschichten von Zyklopen. Einäugige Riesen, die gegen Abenteurer und Helden kämpften. Wie unsere Kollegen dann irgendwann schlussfolgern konnten, sind die alten Griechen vermutlich auf prähistorische Überreste eines Mammuts gestoßen. Der Knochenbau dieser Tiere war riesig. Schaut man sich den Schädel eines Mammuts an, bemerkt man mittig sofort diese große, kreisförmige Öffnung unter der Stirn. Heute wissen wir, dass dort der Rüssel saß. Für die Gelehrten der Antike war der naheliegendste Gedanke allerdings, dass es sich dabei um eine große Augenhöhle handelte.«

»Und so könnte der Zyklop als Fabelwesen entstanden sein? Faszinierend... Paläontologie muss bei derartigen Investigationen richtig Spaß machen«, entgegnete Pawel mit aufrichtigem Interesse.

Camilla hatte seit Monaten nicht mehr so viel gesagt, geschweige denn einer Konversation so viel Substanz beigesteuert.

Noch während Pawel ihr in die Augen schaute, stießen seine Hände auf etwas Festes.

»Guck' mal, ein Koffer!«, bemerkte er verblüfft.

Beim Versuch, das Fundstück freizulegen, offenbarte sich die längliche Form des Hartschalenkoffers.

»Was ist da drin?«, fragte Camilla.

»Vielleicht eine Gitarre?«, entgegnete ihr Mitstreiter ahnungslos.

Dann bemerkten sie die mit goldenen Buchstaben verziertem Scharniere. Der Name Browning war darauf eingraviert.

»Das ist keine Gitarre«, bemerkte Camilla, »sondern ein Gewehr. Browning war ein amerikanischer Waffenhersteller.«

Und tatsächlich: Nachdem sie das Schnappschloss am Koffer geöffnet hatten, blickten sie auf ein sorgsam gereinigtes, mit einem Zielfernrohr bestücktes Jagdgewehr. Camilla wusste nicht viel über Schusswaffen, erkannte jedoch, dass es sich bei dem Gewehr um einen sogenannten Repetierer handelte.

Pawel schraubte und steckte die Teile der Waffe ineinander. Es bestand keinerlei Zweifel daran, dass dieser Koffer aus dem Besitz von William Daniel stammen musste. Ein nützlicher Fund, da waren sich Camilla und Pawel einig.

Indes wehrte der aufkeimende Optimismus unter den Überlebenden, die sichtlich das Beste aus ihrer nahezu aussichtslosen Situation zu machen versuchten, nicht lange.

Gerade, als Camilla so etwas wie Hoffnung empfand und sich bereit fühlte, den nächsten Schritt auf ihrem Weg zurück in die Zivilisation zu wagen, riss sie ein tiefes, ohrenbetäubendes, unmenschliches Brüllen zurück in die Realität. Diesem Ton folgte ein zweiter Schrei. Ungleich dem ersten Ruf; von einer Stimme, die sie erkannte. Glenn brüllte um sein Leben.

Camilla stand vielleicht hundert Meter vom Angriff entfernt, erkannte allerdings jedes noch so unangenehme Detail: Ein Bär von kolossaler Statur senkte seine spitzen Zähne in die Schulter des sich vor Schmerzen krümmenden Mannes. Das Tier sah, trotz seines dicken, braun gefärbten Fells und der gewaltigen Statur, regelrecht ausgemergelt aus. Der Hunger war dem Bär klar anzusehen, was ihn für die kleine Gruppe der verunglückten Menschen nur noch gefährlicher machte.

Glenns zweiter Ausruf hatte selbst etwas Animalisches, etwas grenzenlos Wütendes. Glenn Regan war kein angenehmer Mensch. Er stand seinem Feind, der selbst abgemagert mit Sicherheit das fünffache seines Gewichts auf die Waage brachte, gegenüber und stach mit dem Plastiksplitter des Flugzeugfensters in das Fell des Ungetüms. Dieser Versuch, sich gegen das Tier zu wehren, war vergebens.

Der Biss des Bären hingegen zertrümmerte Glenns Knochen; der Schnee zwischen den beiden färbte sich dunkelrot.

»Wir müssen irgendetwas tun, damit der Bär von ihm ablässt«, beschwor Camilla ihren Kollegen Pawel, der als Biologe möglicherweise etwas mehr über die hiesige Fauna wusste.

»Braunbären bluffen gern, lassen es oft nicht auf einen Kampf ankommen, wenn man sich selbst möglichst groß aussehen lässt«, erklärte er hektisch.

»Ja okay - aber über den Punkt sind wir jetzt wohl hinaus, meinst du nicht?«

Die beiden schauten sich fragend an. Camilla hoffte auf eine Eingebung, während Pawel scheinbar versuchte, Überlebenschancen auszurechnen. Es hieß, wenn man mit einer lebensgefährlichen Situation konfrontiert wurde, übernahmen niedere Instinkte das Steuer. Kampf-oder-Flucht-Reaktion nannten es die Experten. Doch Camilla erstarrte einfach nur.

Sogar, als Glenn Regans Körper wie ein gefällter Baumstamm mit einem gedämpften Geräusch auf den Boden sackte, war Camilla wie gelähmt.

In ihrem Augenwinkel sah sie Amanda, die sich zu verstecken versuchte.

»Was auch immer du tust, nicht wegrennen!«, rief ihr Pawel zu. Dies würde den Jagdinstinkt des wilden Tieres erst recht wecken; dann wären selbst die geringen Überlebenschancen, die sie in diesem Moment hatten, zunichtegemacht.

Amanda allerdings reagierte ebenfalls nur noch aus einem Impuls heraus, ließ die Stöcke und Äste fallen, die sie für ein Feuer gesammelt hatte und sprintete in Richtung des Flugzeugwracks.

Der Bär reagierte erwartungsgemäß, stellte sich auf die Hinterbeine, gab ein inbrünstiges Knurren ab und visierte Amandas Rücken an.

Camilla suchte den Boden ab und erkannte das Browning-Gewehr als letzte Chance, um das Ungeheuer zu verschrecken.

Doch der Koffer, der zu ihren Füßen lag, war leer. Pawel hatte die Waffe, ohne dass Camilla es bemerkte, aus ihrer Schale gezogen, geladen und auf den zum Sprung ansetzenden Bären gerichtet.

Und in dem wohl klarsten Beispiel von *Chekov's Gun*, einem russischen Prinzip der Dramaturgie, feuerte Pawel das Gewehr ab. Er wirkte so zielstrebig, regelrecht souverän auf Camilla. Bisher hatte sie ihn als faktenorientiert und zurückhaltend eingeschätzt, doch die mutige Art, mit der Pawel das Browning hielt, auf den Bären richtete und abfeuerte, löste sie aus ihrer Schockstarre.

Die Gewehrkugel löste sich mit einem donnernden Knall. Das Geschoss verfehlte sein Ziel nicht, traf den Braunbär am Kopf. Er brüllte, verlor die Orientierung. Das Projektil landete keinen tödlichen Treffer, fungierte aber ideal als Abschreckung: Noch während Pawel den Hebel zog, um die Waffe nachzuladen, trat der riesige Bär den Rückzug an. Das Tier, von plötzlicher Gegenwehr verwirrt, flüchtete sich blutend in den Wald.

»Zu Glenn, schnell!«, befahl Pawel, der mit dem zum Schuss bereiten Gewehr sicherheitshalber für ein paar Meter die Verfolgung aufnahm.

Glenn lag zitternd und mit verkrümmten Gliedmaßen in einer Blutlache. Er stotterte unhörbare Worte, als sich Camilla mit bloßen Händen darum bemühte, die Bisswunden zu verschließen.

Das warme Blut schmolz den Schnee, auf dem er lag. In einer Hand hielt er noch immer das provisorische Messer, mit dem er sich gegen den hungrigen Goliath zu behaupten versuchte. Auch Amanda und Igor standen erschüttert neben seinem zerfetzten Körper.

»Holt das Verbandszeug! Decken und Wasser«, wies Camilla die anderen an. Glenn lächelte. Er wusste, dass kein Verband und keine Decke seinen herannahenden Tod verhindern würde.

Ein weiteres Mal probierte er zu sprechen, spukte einen Schwall Blut hervor und verdrehte die Augen.

»Langsam«, beschwichtigte ihn Camilla, die noch immer mit einer Hand auf das Loch in seiner Jacke presste und mit der anderen über seine Stirn strich.

»Bitte...«, brachte er japsend hervor und zog mit zittrigen Fingerspitzen den Zettel aus seiner Brusttasche hervor, auf dem sie ihn hatte schreiben sehen.

Dann drückte er ihr das zerknitterte Stück Papier entgegen und sagte unter äußerster Anstrengung:

»Versprich mir, dass du ihn meiner Familie gibst.«

Ein weiterer Krampf schien seinen Körper zu durchziehen.

Camilla nahm den Zettel entgegen und versprach ihm, dass sie den Brief seiner Familie überbringen würde.

»Ich war niemals der, der ich sein wollte. Und den Zorn darüber habe ich an anderen ausgelassen. Ich hoffe sie erinnern sich trotzdem im Guten an mich«, waren seine letzten Worte.

Dann schloss Glenn Regan, wie auch William Daniel in der Nacht zuvor, für immer die Augen.

Sein Gesicht war weiß, seine Finger sowohl blau vor Unterkühlung als auch rot vom Blut. Camilla trug noch immer seine Handschuhe. Er hatte, nachdem er ihr seine überließ, ohne Ersatz nach Proviant im Schnee gegraben.

Die Folgen des Absturzes hatten ein weiteres Opfer gefordert. Ein eisiger Wind blies über sie hinweg und Camilla wusste, dass sie es selbst mit größten Bemühungen vielleicht nicht schaffen würden.

»Der Bär ist weggelaufen«, berichtete Pawel, der mit dem Gewehr im Anschlag zurückgekommen war.

Den Überresten von Glenn Regan würdigte er einen betrübten Blick und senkte den Kopf. Der Ernst der Lage hätte nicht mehr deutlicher werden können.

»Wie konnte das passieren?!«, fragte Amanda, die zusammen mit Igor zurückgekehrt war.

»In Russland gibt es Bären«, sagte Igor trocken.

»Es ist März. Sie wachen gerade aus ihrer Winterruhe auf, sind dementsprechend hungrig und gewillt, auf die Jagd zu gehen«, erklärte Pawel, der sich in der näheren Umgebung umschaute.

»Angezogen wurde er mit Sicherheit von unserem Lärm, von unseren Gerüchen.«

Im Anschluss an seine Worte zog Pawel einen halb aus dem Schnee ragenden, pinkfarbenen Hartschalenkoffer hervor. Aller Wahrscheinlichkeit nach das Treibgut, für das sich sowohl Glenn Regan als auch der hungrige Bär interessierten. Mit neugierigen Augen erwarteten die Überlebenden, dass Pawel den Koffer öffnete und den Inhalt preisgab. Was sie dann jedoch sahen, sorgte zu gleichen Teilen für Ernüchterung und Irritation.

In dem Koffer befand sich eine beachtliche Sammlung an Sextoys: Silikondildos, Vibratoren, Töpfchen mit Vaseline in verschiedenen Duftaromen. Vanille, Himbeere, Zimt... wie Duftkerzen, nur mit etwas anderer Anwendungsmöglichkeit.

»Mit der Vaseline kann man zumindest ein Feuer machen«, bemerkte Camilla und beugte sich hinab, um ein paar der Produkte aufzusammeln.

Blicke, die unmissverständlich »Wir werden hier sterben« sagten, wurden zwischen den vier Überlebenden ausgetauscht. Für einen langen Moment herrschte die Stille. Ihnen war klar, dass es hier nur noch Tod für sie gab - wenn nicht durch die Kälte oder den Hunger, dann durch die Raubtiere, die diesen Ort schon aus großer Entfernung witterten.

Bevor sie aufbrachen, packte jeder der vier Überlebenden einen Rucksack mit nützlichen Objekten, die sie gefunden hatten. Neben der Schaufel, der Axt, der Vaseline, den Messern und der Leuchtpistole, ließ sich auch das von William Daniel prophezeite Anglerwerkzeug auftreiben. Zwar fehlte die Angel; Köder, Haken und Schnüre könnten sich dennoch als nützlich erweisen. Vor ihrem Aufbruch nahm sich Camilla eine ruhige Minute für den Brief, mit dem Glenn sie betraut hatte. Das Schriftstück - mit einem Kugelschreiber auf der Rückseite einer Abmahnung verfasst - war befleckt von den roten Fingerabdrücken seines Autors. Darin wurde seine Versetzung mit einem Wutanfall begründet, den er sich während der Arbeit erlaubt hatte. Glenn Regans sehr kurze Zündschnur blieb Camilla nicht verborgen... das Ausmaß wurde ihr jedoch erst klar, als sie seine letzten Zeilen las.

Er entschuldigte sich für sein zerstörerisches Verhalten. Aufrichtig, ohne mit dem Finger auf andere zu zeigen. Er gab zu, am Scheitern seiner Ehe Schuld zu haben, erklärte, wie sehr er seine Kinder vermisste, und blickte seiner eigenen Rage ins Auge.

Diese Selbsterkenntnis erweiterte auch Camillas Horizont. Sie selbst trug bittere Wut in sich; erlag einem Drang der Zerstörung. Allerdings richtete sie diesen Zorn nicht gegen andere, sondern führte einen furiosen Krieg gegen sich selbst. Ein Drang nach Selbstzerstörung, bei der sie sich keinerlei Gnade einräumte.

Das Leid, für das sie verantwortlich war, hing wie eine Klinge über ihr. Egal, was sie tat. Egal, wohin sie ging. Jeder Gedanke, war er auch noch so trivial, war ein Pfad, eine Straße, die sie immer wieder zurück in die Nachbarschaft führte, in der sie ein Leben nahm. Sie wollte diese Klinge. Sie hieß sie sogar willkommen.

Das Leid, für das sie verantwortlich war, war ein Ungleichgewicht. Ein Rückstand, den sie auszugleichen versuchte, indem auch sie sich Leid zufügte.

Ihre Schuld nahm die Form einer echten Klinge an, mit der sie sich über Wochen unzählige Male selbst verletzt hatte. Lange, bevor sie sich entschloss, mit einem Drogencocktail in ihrem Körper einzuschlafen, vernarbte sie sich beide Unterarme und Oberschenkel.

Nicht tief genug, um lebensbedrohlich zu sein, aber tief genug, um große Schmerzen und unwiderrufliche Mahnmale zu errichten.

Als ihre Mutter davon erfuhr, wurde alles noch schlimmer. Sie verstand nicht, warum Camilla sich so etwas antat; stellte viel zu viele Fragen.

Es hatte nichts Religiöses, es ging nicht um das Sühnen einer Sünde. Selbstkasteiung, um Buße zu tun, lag Camilla dabei fern. Genauso wenig war es ein Hilferuf. Es war kein Versuch, sich an ein Gefühl zu erinnern, dem gegenüber sie sich so lange taub und abgegrenzt fühlte. Sie wollte sich einfach nur leiden sehen. Außen aussehen, wie sie sich innen fühlte. Mit einem Messer in sich selbst wühlen.

Doch jetzt, wo sie Glenns Brief in den Händen hielt, realisierte sie, wie Wut – egal, ob man sie gegen sich selbst oder andere richtet - weitreichende, ungewollte Konsequenzen hatte. Camillas Mutter fühlte sich schuldig, ihrem Kind nicht helfen zu können. Nicht in der Lage zu sein, den Schmerz auf eine Art zu lindern, wie es womöglich nur eine Mutter vermochte. Camilla sah sich selbst in dem kalten Leichnam von Glenn: Deformiert, kalt und allein. Da war kein Frieden in seinen Augen.

Camilla wusste, dass sie noch einen weiten Weg vor sich hatte. Gleichzeitig schien sie der Person die sie sein musste, einen weiteren Schritt näher zu sein. Der Person, die sie sein wollte und vielleicht sogar sein konnte. Die Narben, der Grund für ihre langen Ärmel, schmerzten nicht mehr. Sie waren jetzt nur noch unliebsame Erinnerungen an eine Schuld, mit der sie nicht umzugehen wusste.

Verhandeln
I Don't Wanna Face It

Das Knarzen und Knacken ihrer Schritte im Schnee hatte einen seltsam beruhigenden Effekt auf die Gruppe. Die vier letzten Überlebenden eines furchteinflößenden Unfalls. Seit Stunden wanderten sie in die Richtung der dichten Bäume. Alle waren sich einig, unverzüglich aufzubrechen. Camilla hatte anhand der Sonne ermittelt, wo der Süden lag und führte eine entkräftete, hungrige Reisetruppe an. Der Proviant war fast aufgebraucht und das schwer begehbare, felsige und mit tiefem Schnee bedeckte Gebiet verlangsamte ihr Vorankommen.

Nachdem sie von verbrannten Leichen umgeben aus einem Flugzeugwrack kletterten und nur um Haaresbreite einen Bärenangriff abwehrten, waren Moral und Energiereserven auf ihrem Tiefpunkt angelangt.

Amanda, Pawel, Igor und Camilla brachen direkt, nachdem sie den verstorbenen Unfallopfern gedachten, gen Süden auf. Nur wenige Worte wurden gewechselt.

Jeder mobilisierte seine letzten Kräfte, bis sie einen geeigneten Unterschlupf für die herannahende Nacht gefunden hatten. Lange würde die Suche nicht mehr dauern dürfen: Die Kälte war bereits tief in ihren Knochen hervorgedrungen, kroch durch ihre Venen und lähmte ihre Motorik.

»Was macht ihr als erstes, wenn ihr wieder zuhause seid?«, brach Amanda die Stille. Vermutlich, um von ihrem knurrenden Magen abzulenken.

Camilla, die Mühe hatte, im tiefen Weiß nicht umzuknicken, baute mit ein paar kräftigen Schritten Abstand zum Rest der Truppe auf. Zwar konnte sie dem Hin und Her ihrer Kameraden noch immer lauschen, hatte sich so jedoch merklich der Teilnahme am Gespräch entzogen.

»Ich will nach wie vor das Polarlicht sehen«, antwortete Igor resolut, »Hab schon Schlimmeres durchgestanden. Das hier wird mich jetzt nicht aufhalten.«

»Schlimmer als einen Flugzeugabsturz?«, fragte Pawel, dessen Augenbrauen ungläubig nach oben, unter seine Wollmütze, stiegen.

»Ich saß im Gulag: Weiß nicht mal mehr, wie lange! Habe Bodenschätze ausgegraben und wurde mit Schlägen bezahlt«, untermauerte Igor seine Behauptung.

»Also ich will einfach nur wieder in mein Bett und Sushi bei dem Japaner um die Ecke bestellen. Ich würde außerdem die Rechte meiner Erlebnisse für Filme und Bücher verkaufen und danach nie wieder arbeiten gehen«, erklärte Amanda schmunzelnd. Dieser lebensfrohe Klang versetzte die anderen Wanderer für einen

Moment ins Schweigen. Einen Grund zum Lachen hatten sie schon länger nicht gehabt.

»Du hast erzählt, dass du Handelsreisende bist«, entgegnete Pawel, »Was hast du denn so verkauft?«

Amanda atmete tief durch.

»Ich verkaufe... Spielzeug für Erwachsene.«

»Du meinst Modelleisenbahn?«, fragte Igor, dessen Verständnis der Situation womöglich von der Sprachbarriere gemindert wurde.

»Nein, nicht ganz. Erinnerst du dich an den Koffer mit den bunten Dildos? Der gehört mir. Die Firma, für die ich arbeite, vertreibt Sexspielzeug. Und da es am Polarkreis kalt und einsam ist, haben wir immer gute Erfahrungen damit gemacht, einen Händler hier vorbeizuschicken...«, antwortete Amanda amüsiert.

»Wie bei einer Tupperparty?«, fragte Pawel mit knallrotem Kopf. Der schüchterne Biologe konnte seine Neugier nur schwer vor Amanda verbergen. Diese jedoch bejahte seine Frage lediglich, und verzichtete auf die Chance, den jungen Mann mit Geschichten ihrer Kunden peinlich zu berühren.

Camilla, die sich gerade mit einiger Mühe über eine Anhöhe gekämpft hatte, unterbrach das Gespräch mit einem Ruf.

»Leute... ich glaube, wir haben einen See gefunden!«

Der Rest der Gruppe eilte zu ihr. Tatsächlich offenbarte sich vor ihnen eine mit blendend weißem Pulver bedeckte Fläche, von der Größe mehrerer Footballfelder. Ein weiträumiger, zugefrorener See.

Dies waren gute Neuigkeiten. Sofern der See nicht nur aus einem Stillgewässer bestand, sondern auch an einen Fluss angebunden war, wuchsen ihre Chancen, auf menschliches Leben zu stoßen, exponentiell. Städte, Dörfer und Siedlungen waren seit jeher in der Nähe von Wasser errichtet worden. Das hatten so ziemlich alle Zivilisationen gemeinsam. Egal, ob in Afrika, Amerika oder Asien.

»Wir sollten hier rasten«, schlug Camilla vor.

Die Gruppe war erschöpft und ausgezerrt. In der Ferne des gegenüberliegenden Ufers beobachteten sie einen Fuchs, der das Eis ableckte, um seinen Durst zu stillen.

»Ich weiß, wie man im Eis angelt. Die nötigen Dinge haben wir dabei«, verkündete Igor mit dem für ihn mittlerweile typisch dicken Grinsen auf den Lippen.

»Ich habe echt Hunger«, bestärkte Amanda das Vorhaben.

»Dann ist es beschlossene Sache.«

Die vier Überlebenden waren sich einig. Igor erwies sich als ziemlich guter Lehrer. Man sah ihm nicht an, wie belesen und erfinderisch er war. Das Fischen im Eis war eine komplizierte Kunst, die sich gewiss nicht von selbst erlernen ließ.

»Du kannst eine Angel bauen?«, fragte Amanda beeindruckt.

Igor zuckte mit den Schultern. Während er mit den Händen eine Schneeschicht von dem schwarzen Eis wischte, beteuerte er, dass Angeln einfacher sei, als man gemeinhin annimmt.

»Haben Höhlenmenschen auch geschafft.«

Igor lächelte. Mit seiner Axt schlug er ein Loch in das gefrorene Wasser.

»Wir müssen unbedingt sichergehen, dass uns das Eis wirklich trägt«, insistierte er und begutachtete ihren Untergrund. Einen Menschen trägt gefrorenes Eis erst, wenn es mindestens eine Breite von acht Zentimeter betrug. Und selbst unter diesen Umständen konnte man nie ganz sicher sein: Unterirdische Strömungen, warme Quellen oder andere Faktoren, die in der Natur auftreten, lassen die Dicke variieren.

Pawel fand unterdessen eine kleine Höhle, die sich perfekt als Schutz vor dem Wetter eignete. Sie war nur wenige Meter vom See entfernt und bot ausreichend Platz für vier frierende Menschen und ein Feuer, an dem sie, hoffentlich, Fische grillen konnten. Solche Höhlen waren in Russland häufig bereits vom Wildleben besetzt, weshalb Pawel sichergehen musste, nicht auf weitere Bären oder schlafende Wölfe zu stoßen. Auch gigantische Schwärme riesiger Mücken nisteten sich oft in derartigen Gewölben ein. Im Angesicht der tödlichen Witterung konnten sie auf diesen Schutz jedoch nicht verzichten. Die Felsen boten ideale Abschirmung vor den eisigen Winden und würden sich, sofern die Feuerstelle gut platziert wurde, mit aufheizen.

Bis es dazu kommen konnte, war noch viel zu tun. Der frostige Boden würde den schlafenden Körpern gefährlich viel Wärme entziehen. Mit Zweigen und Ästen der umliegenden Pinien und Tannen, erstellte Pawel daher provisorische Betten, während Camilla mit dem Browning gewährleistete, dass sie nicht von ungebetenen Gästen überrascht würden.

Igor schlug indes mithilfe der kleinen Axt gleichmäßig kreisrunde Löcher in den gefrorenen See, durch die sie mit selbstgebastelten Angeln auf interessierte Fische hoffen würden. Ausreichend weit voneinander entfernt, um die Chancen auf einen Fang zu maximieren und nah genug beieinander, sodass sich die angehenden Angler nicht aus den Augen verloren.

Ihre speziellen Werkzeuge waren zum Glück sehr schnell zusammengesetzt. Sie bestanden aus den mitgeführten Schnüren und Haken, welche an einer mit grober Finesse geschnitzten Holzapparatur befestigt wurden. Dazu verwendete Igor kleinere Äste eines Jungbaumes, kaum breiter als eine herkömmliche Angelrute, die er über dem Wasserloch aufbaute. Es war nur ein Kreis von geringem Durchmesser, in dem sich das schwarze Wasser des Sees ansammelte.

»Es muss nicht schön aussehen, sondern funktionieren«, erklärte Igor den primitiv anmutenden Vorgang.

Allen Zweifeln zum Trotz schien er tatsächlich zu wissen, was er tat, da die Vorrichtungen perfekt für das Eisfischen konzipiert zu sein schienen.

Zum ersten Mal seit dem Absturz wähnte sich die Gruppe in verhältnismäßiger Sicherheit. Das Schicksal warf ihnen eine Situation entgegen, mit der sie scheinbar zurecht kamen.

Dieses moderate Hochgefühl würde nichtsdestotrotz von kurzer Dauer sein. Noch immer zehrte die bloße Außenwelt an den Reserven der Reisenden und machte jede Bewegung um ein Vielfaches anstrengender.

Nachdem sie den Unterschlupf präpariert hatten, saßen sie ausgelaugt am Seeufer und beobachteten die Angelstellen. Ein paar Fische hatten in den vergangenen Stunden bereits angebissen, was zuverlässig von einem Zucken der befestigten Angelschnüre angekündigt wurde. Camilla mutmaßte, ob je zuvor ein Mensch an dieser Stelle saß, hier angelte, sich die Zehen abfror. Man musste schon ein besonders harter Hund sein, hier freiwillig leben zu wollen.

Mit der Sonne am Horizont sanken auch die Temperaturen wieder in einen tödlichen Minusbereich. Mehrmals mussten die Überlebenden die aufgeschlagenen Wasserlöcher kontrollieren, um sicherzustellen, dass es nicht wieder zugefroren war.

»Das sollte ausreichen. Wenn wir die letzten Köder einholen, haben wir vermutlich für jeden von uns einen Fisch«, summierte Pawel, der sich auf den Weg machte, um das Feuer in ihrem Unterschlupf zu entfachen.

»Ich hole sie an Land«, entgegnete Amanda mit ungewohnter Gelassenheit und schlitterte über das Eis.

In ihrer Hand trug sie einen Teller aus der Flugzeugküche, auf dem die bisher bereits gefangenen Fische drapiert waren.

Unvermittelt knisterte es unter Amandas Schuhen. An der letzten Angelstelle hatten sich mehrere Risse im Eis gebildet. Noch ehe sie es selbst bemerkte, splitterte der Boden unter ihren Füßen auseinander. Unzählige kleine Eisschollen brachen mosaikartig voneinander ab. Erst als das Knarzen des gefrorenen Wassers lauter wurde als der Wind, der nach wie vor über die Tundra peitschte, erfasste Amanda die Lage, in der sie sich befand. Eine Erkenntnis, die sie vor ihrem drohenden Einbruch nicht mehr bewahren konnte.

Camilla blickte zurück auf den See. Sie wunderte sich, warum sie Amanda nicht mehr auf dessen gefrorener Oberfläche entdecken konnte. Zwar war es im Umkreis des Gewässers durchaus nebelig - doch nicht einmal die Silhouette ihrer Mitstreiterin ließ sich ausmachen.

Der Hilferuf, den sie dann vernahm, brachte Licht ins Dunkel: Amandas wild strampelnde Gliedmaßen imitierten den Klang von Wellen, die auf eine felsige Küste einschlugen.

»Sie ertrinkt!«, rief Camilla den anderen beiden zu.

Die Männer waren vorausgegangen und hatten bereits die Höhle am Seeufer erreicht.

Igor erkannte die Gefahr der Situation direkt. Er wusste, dass das Eis nun jederzeit überall nachgeben konnte, weshalb er Camilla energisch zu sich winkte.

»Zu gefährlich! Komm' vom Eis!«, rief er so laut er nur konnte. Ebenso laut waren die Schreie einer ertrinkenden Amanda, die es nicht allein an Land zurück schaffen würde. Ein Schicksal, welches auch Camilla ereilen dürfte, sollte auch sie dem berstenden Eis zum Opfer fallen.

Sie musste eine Entscheidung treffen. Setzte sie ihr Leben aufs Spiel, um das von Amanda zu schützen? Bestand überhaupt die Chance, sie vor dem Tod zu bewahren? Oder rettete sie sich besser selbst ans Ufer?

In einem Moment der Klarheit setzte sich für Camilla alles zusammen. Sie wusste genau, was sie tun würde.

Camilla griff nach dem Gewehr auf ihrem Rücken, und lief vorsichtig, aber bestimmt auf die Einbruchstelle zu.

Der Boden war so schnell unter Amandas Füßen weggezogen worden, dass sie in den ersten Sekunden, auf die es beim Überleben in dieser Situation besonders ankommt, vollkommen falsch reagierte: Anstatt sich ruhig zu verhalten und mit einer zielgerichteten Bewegung auf festeren Untergrund zu retten, vergeudete sie Energie damit, unkontrolliert zu zappeln und sich über Wasser halten zu wollen. Der Schock ließ sie reflexartig nach Luft schnappen, wodurch sie das unbarmherzig kalte Wasser einatmete. Allein das war in vielen Fällen ein sicheres Todesurteil.

Camilla war mit diesen Details nicht vertraut. Sie wusste jedoch, dass sie den Schaden nicht würden rückgängig machen können, sollte sie zu spät kommen.

Das poröse Eis unter ihren Schuhen drohte ihr mit einem ähnlichen Ende. Unter dem gleichgültigen Glas schwammen ihre Dämonen, klopften an die Scheibe, griffen nach ihr, verlangten ihre Anwesenheit. Die Skelette aus ihrem Wandschrank, die Monster unter ihrem Bett, die Leichen in ihrem Keller: Sie alle rieben sich die Hände. Doch zum ersten Mal seit langer Zeit wich Camilla nicht zurück.

Bei Amanda angekommen, legte sie sich vorsichtig auf den glatten Boden. Auf allen Vieren kroch sie der Stelle entgegen, an der Amanda vor wenigen Augenblicken eingebrochen war. Auf diese Weise, so dachte sie, konnte sie ihr Gewicht auf eine breitere Fläche verteilen und die Gefahr minimieren, ihrerseits einzutauchen.

Und es funktionierte. Jetzt musste sie nur noch Amanda zu fassen kriegen, die nach wie vor nach Luft ringend in den Eiswürfeln schwamm. Just als sie ihre Hand ausstreckte, versank die junge Frau jedoch im dunklen Wasser.

Von einem Sekundenbruchteil auf den anderen umarmte sie die Tiefe und zog sie hinab in der Schwärze. So dicht und düster, dass Camilla den Grund nicht ansatzweise auszumachen vermochte. Also griff sie hinein. Es war kein bloßes Gefühl der Kälte, welches ihre Arme umschlang: Es waren tausend scharfe Klingen, die sich mit sanftem Druck unter ihre Haut bohrten. Camilla hoffte, Amanda zu erreichen, bevor die Taubheit ihren Körper lähmte; bevor sie es gar nicht mehr bemerken würde, wenn Amanda nach ihr griff.

Erfolglos.

An die Oberfläche drangen ein paar Blasen, die vermeintlich letzten Atemzüge von Amanda. Das durfte es noch nicht gewesen sein, dachte Camilla. Mit einer Form von Kampfgeist, dessen Existenz sie sich nicht bewusst war, langte sie nach ihrem Gewehr und nutzte es, um ihre Reichweite zu verlängern. Es war ein letzter, verzweifelter Versuch, mit dem Tod zu verhandeln.

Tatsächlich griff etwas nach der Waffe.

Trotz der erdrückenden Kälte, trotz der eisigen Strömung, trotz der alles erfrierenden Dunkelheit, konnte Camilla das Mädchen erreichen. Mit aller Macht zog sie Amanda aus dem habgierigen See; hievte ihren hustenden, zitternden Körper an Land.

Dass Amanda noch halbwegs bei Bewusstsein war, gab ihr Hoffnung. Obwohl ihr Adrenalinschub sie nicht mehr lange wach halten würde, bestand eine Möglichkeit, das Leben der jungen Frau zu retten. Und das war alles, was Camilla wollte.

Mit wackelnden Beinen richtete sich die mutige Retterin auf, nachdem sie für wenige Sekunden schwer atmend auf dem Eis lag. Gleichwohl war Zeit nun besonders kostbar: Grobmotorisch warf sie sich einen Arm der rot glühenden Amanda über die Schulter und begann, mit ihr zum Ufer zu gehen. Das Risiko, nun erneut im Eis einzubrechen, war zu zweit umso größer. Aber darauf konnte Camilla keine Rücksicht nehmen.

Würde Amanda nicht rechtzeitig ins Warme gelangen, würden sich ihre Gefäße weiter verengen; dann würde sich das Blut ins Innere zurückziehen, eine Körperfunktion nach der anderen versagen und letztendlich der Herzstillstand eintreten.

Igor und Pawel kamen ihr entgegen und halfen ihr dabei, Amanda zu tragen.

»Wir brauchen schnellstens ein Feuer«, schnaufte Camilla, die immer noch völlig außer Atem war.

»Wir versuchen es schon die ganze Zeit«, klagte Pawel, als sie Amanda in der Höhle auf eines der aus Ästen und Blättern selbstgebauten Betten legten.

»Nimm die Vaseline, die ist leicht entflammbar. Damit sollte es klappen. Igor! Hilf mir, ihre nassen Kleider auszuziehen. Und gib mir deine Mütze - wir müssen ihren Kopf warm halten. Bis das Feuer brennt, brauchen wir Pulverschnee. Der absorbiert die übrige Feuchtigkeit!«, beorderte sie.

Dann richtete Camilla, die in all der Hektik gar nicht zur Kenntnis nahm, dass auch sie von den Effekten der Kälte betroffen war, ihre Aufmerksamkeit direkt auf Amanda.

»Du musst nun genau zuhören. Ich möchte, dass du etwas für mich tust. Du darfst auf keinen Fall einschlafen, also will ich, dass du mit mir redest. Wenn du aufhörst zu reden, bekommst du Ärger, hast du mich verstanden?«, fragte Camilla eindringlich.

Amanda reagierte zwar mit einem Kopfnicken und knappen Worten, wirkte jedoch nicht wirklich anwesend. Ihre Stimme war schwach und schwer verständlich.

»Ich glaube, Amanda leidet unter Hypothermie«, warf Pawel ein, der es letztlich schaffte, das Feuer zu entfachen.

»Gib ihr Schnaps!«, schlug Igor vor.

Camilla schüttelte verneinend den Kopf.

»Das gaukelt dem Körper die Wärme nur vor. Wenn die Kerntemperatur absinkt, müssen wir ihre Brust und ihren Kopf zuerst wärmen. Andernfalls zirkuliert kaltes Blut in ihr Herz und sie stirbt.«

Amanda, die durch den Kälteschock wirkte, als wäre sie betrunken, brabbelte weiter vor sich her.

»Es tut mir leid, dass ich die Fische verloren habe«, jammerte sie.

Dass sie kein Essen hatten, um die bevorstehende Nacht auch nur halbwegs bei Kräften zu bleiben, war ein Problem, über das die Gruppe gerade nicht näher nachdenken konnte.

Camilla wandte sich erneut Amanda zu. Sie überkreuzte ihre Arme und rieb mit kreisenden Bewegungen ihren Körper unterhalb der Schlüsselbeine.

»Mach' mir das nach, und erzähl' mir etwas. Irgendetwas, ganz egal.«

Amanda, die nur sehr rudimentäre Kontrolle über ihre Motorik hatte, gab sich alle Mühe, den Anweisungen Folge zu leisten. Ihre Augen wären festgefroren, hätte sie nur eine Minute länger im Eis verbracht.

Pawel, Igor und Camilla rückten alle eng um Amanda. Der Austausch von Körperwärme war unerlässlich; egal, wie unangenehm es auch war, Fremde so tief in die eigene Komfortzone zu lassen. Diese Techniken waren der beste Weg, um Amandas Kerntemperatur zurück in den Normalbereich zu bringen. Sie einfach nah ans Feuer zu positionieren, wäre ein Fehler gewesen, da abrupter Kontakt mit starker Hitze ganz eigene Gefahren mit sich brachte.

»Ich habe noch nie jemanden so nah an mich herangelassen«, sagte Amanda plötzlich.

Camilla dachte zunächst, ihre Worte waren dem Delirium geschuldet. Doch traf Amanda anschließend einen Nerv.

»Ich bin dreißig Jahre alt und Jungfrau. Habe schon immer unheimlich Angst davor gehabt, körperliche Nähe zuzulassen.«

Ihre Mitstreiter schwiegen. Amanda lag offenbar Ballast auf dem Herzen, den sie ablegen wollte.

»Ich habe für unseren Flug sogar extra zwei Flugtickets gekauft, um den Sitzplatz neben mir freihalten zu können... da ich zu große Angst hatte, neben einer anderen Person gefangen zu sein.«

Camilla erinnerte sich daran, dass Amanda in der Tat mehrere Tickets in ihrer Tasche mitführte. Menschen waren bereit, seltsame Dinge zu tun, um ihr Kartenhaus vor dem Einstürzen zu bewahren. Das wusste sie.

»Die Sexspielzeuge, die ich seit Jahren anpreise und an andere einsame Menschen verkaufe... in Wirklichkeit habe ich nicht den blassesten Schimmer von all dem.«

Stille nahm die Höhle ein. Nur das Pfeifen des Windes, der draußen wehte, war zu vernehmen.

Die letzten Sonnenstrahlen warfen einen schwachen Lichtkegel in den Unterschlupf. Schon bald würde die Nacht hereinbrechen. Es war mehr als unklar, ob Amanda den Morgen danach bezeugen würde. Selbst wenn man schnell und korrekt auf die Symptome von Hypothermie reagiert, gab es insbesondere in der Wildnis keine Überlebensgarantie.

»Wie bei Kafka!«, stieß Igor plötzlich hervor. Er erntete erneut die ratlosen Blicke seiner Kameraden.

»Ja, in seiner Kurzgeschichte *Poseidon*. Da geht es um den Herrscher der sieben Weltmeere, der jeden Tag zurückgezogen damit verbrachte, Verwaltungsarbeiten zu erledigen. Obwohl er sein Reich streng regierte, hatte er es mit eigenen Augen noch nie gesehen. Nur, wenn er hoch zum Olymp aufstieg, erhaschte er den ein oder anderen Blick.«

Amanda lachte kränklich.

Ein erhöhtes Maß an Euphorie war ein weiteres Symptom von Hypothermie. Eines, welches ganz zum Schluss auftrat – kurz, bevor der Körper versagte.

»Wie endet die Geschichte?«, fragte sie den alten Russen.

»Nunja. Die Geschichte endet damit, dass Poseidon resignierend behauptete, dass er wohl bis zum Ende der Welt warten müsse, bis sich ein freier Moment für eine Rundfahrt ergab«, offenbarte Igor nachdenklich.

Es war nicht genau klar, zu welchem Zeitpunkt ihr Körper den Kampf aufgab. Allerdings fiel es Camilla in dieser Nacht enorm schwer, einzuschlafen. Immer wieder rieb sie sich die müden Augen und musterte ihr Umfeld. Die Erschöpfung vermochte das Rattern in ihrem Kopf nicht auszubremsen. Amandas Worte hallten in ihr wieder.

Für den Moment sah alles so friedlich und behütet aus. Und wären ihnen die Fische, ihre geplante Mahlzeit, nicht abhanden gekommen, wäre es das womöglich wirklich gewesen.

Mit geschlossenen Augen und aneinander angelehnt rasteten sie still beisammen. Links saß Igor, dessen Nasenflügel flatterten, während er tief ein- und ausatmete. Ein Bild, das den Mann kaum treffender hätte beschreiben können, dachte Camilla.

Rechts saß Pawel, der vor dem Einschlafen vergaß, seine alte, kupferfarbene Brille abzulegen. Sie wunderte sich fortwährend darüber, wie dieses fragil anmutende Brillengestell in der Lage war, den Flugzeugabsturz heil zu überstehen.

Mittig saß Amanda mit einem friedlichen Gesichtsausdruck. Ihr Lagerfeuer loderte nur noch schwach und warf drei flackernde Schatten an die Steinwand, die für Camilla einen unrhythmischen Tanz aufführten. Über Igor und Pawels zusammengekauerten Körpern stiegen sanfte Wolken auf. Es waren die fehlenden Wolken über Amanda, die ihren Tod signalisierten.

Camilla verfluchte die Willkür, mit der sie in dieses Debakel geraten waren. Diese junge Frau hätte noch so viel erlebt, wären sie nicht vom Himmel gefallen. Dass sich Amanda so lang selbst belogen hatte; Systeme und

Wege erdachte, um ihre Dämonen auf Distanz zu halten, war kein Vergehen, für dass sie hätte sterben sollen. Trotzdem war ihre Lebenszeit nun ausgeschöpft.

Camilla weigerte sich, an Schicksal oder Vorsehung zu glauben. So war sie nicht erzogen worden. Ihr rationaler, wissenschaftlich denkender Verstand verbat es ihr. Zudem waren es Momente wie diese, die sie in ihrer Ansicht noch bestärkten. Was war hier der Plan? Amanda hatte es nicht verdient. Das Strafmaß passte nicht zum Vergehen. Und überhaupt: Warum war sie selbst dann noch am Leben? Ähnlich wie Amanda, hat auch sie versucht, mit ihren Problemen zu verhandeln. Nachdem Alkohol nicht mehr ausreichte, um ihre Schuld vergessen zu machen, forschte sie genauso nach anderen Wegen, um eine Form der Erlösung zu erfahren. Ihre Suche ging sogar so weit, dass sie begann, ehrenamtlich in einer Suppenküche zu arbeiten. Die an und für sich noble Geste brachte ihr allerdings keinen Frieden, denn sie tat es nicht für die Bedürftigen, sondern ausschließlich für sich selbst. Eine Gewissheit, die Camilla abermals verspürte, wenn sie diesen Ort betrat. Wie viel Gutes würde aufwiegen, was auf ihr lastete? Würde es das überhaupt jemals, wenn ihre Beweggründe nicht reiner Natur waren?

Endlich schlief auch Camilla ein. Ihre Reise war noch nicht abgeschlossen. Mit leerem Magen und einem weiteren Mitstreiter weniger schwanden ihre ohnehin bereits geringen Chancen, diese Katastrophe zu überleben, zusehends.

Träumen II

»Mein Dad hat gesagt, die sind keine Menschen!«, hallte es von der anderen Seite der Tür. Die Stimme gehörte der Anführerin einer Mädchengruppe, die Camilla das Leben schwer machte. Sie versuchten sie dazu zu bringen, die Heimreise anzutreten. Dabei schreckten diese Mädchen nicht einmal vor Gewalt zurück.

»Pah! Das soll ihr eine Lehre sein, sich hier breit zu machen«, schimpfte sie. Kichernd entfernte sich die Gruppe.

Vergebens stemmte sich die zitternde Camilla gegen die rostige Tür, hinter der sie eingesperrt wurde. Der Gedanke, dass in der Dunkelheit Spinnen und anderes Getier nur darauf warteten, über sie herzufallen, versetzte sie in eine langsam anschwellende Panik.

Tränen liefen ihre Wangen hinab, während sie bettelte, wieder freigelassen zu werden.

Ihre brandneue Uniform, auf die sie noch vor wenigen Stunden so stolz gewesen war, klebte nun an ihr. Sie war von Staub und Dreck besudelt, durch den man Camilla gescheucht hatte.

Hier sollte eigentlich alles besser werden. Das hatten Mama und Papa versprochen. Mr. Chipman hatte ihnen auferlegt, Camilla bei den Pfadfindern anzumelden. Sie war bei ihrem strengen Lehrer in Ungnade gefallen, nachdem sie nicht nur mit Absicht bei einem Test durchfiel, sondern anschließend dabei erwischt wurde, einen Feuermelder betätigt zu haben.

Und zunächst glaubte sie sogar daran, dass sie bei den Pfadfindern endlich richtige Freunde finden würde. Ihre Kameradinnen hingegen stellten sich schnell als noch schlimmer heraus, als es ihre Mitschüler in der Grundschule je gewesen waren.

Kaum ein Tag verging im Ferienlager, an dem sie nicht zur Zielscheibe von unfairen Angriffen wurde. Die anderen Kinder nannten sie *Gook* oder *Chink*; rassistische Bezeichnungen, deren Ursprung oder Bedeutung sie nicht kannten.

Die Hürden, über die Camilla springen musste, nahmen einfach kein Ende. Allein bei den Pfadfinderinnen, den sogenannten *Girl Scouts of the USA*, eingeschworen zu werden, barg seine ganz eigene Problematik.

Neulinge wurden auf religiöse Denomination geprüft und mussten diese sogar bei der Initiation beschwören. Ein Thema, das im Hause der Hamiltons stets unter den Teppich gekehrt wurde.

Ihre Mutter war eine chinesisch-stämmige Singhalesin und überzeugte Buddhistin, ihr Vater ein bereits vor Jahren aus seiner Kirchengemeinde ausgetretener Ex-Methodist. Mehr als genug Angriffsfläche für andere Eltern, die ihren Kindern verbieten wollen, sich mit ihr anzufreunden. Es legitimierte augenscheinlich sogar das grausame Verhalten der restlichen Gruppe gegen sie. Es waren fünf, vielleicht sechs Mädchen, die sie zur Gartenlaube hinter den Schlafbaracken lockten, mit Orangensaft besudelten, das verängstigte Mädchen hineinzerrten und in den Schrank sperrten.

Es war nicht die Gewalt an ihr, auch nicht die Erniedrigung, die sie so schockierte. Es war die Selbstverständlichkeit, mit der völlig fremde Menschen bereit waren, ihr dies anzutun. Zur Hilfe eilen würde ihr niemand.

Camilla hörte die Klingel, die zum Abendessen für die Pfadfinderinnen läutete. Alle Lehrer und Betreuer würden sich daher in der von Kinderlachen erfüllten Kantine eingefunden haben. Unmöglich, dass irgendwer ihre Hilferufe hören würde.

Da steckte sie also, eingesperrt in einem dunklen Werkzeugspind, unzählige Meilen von ihrem Zuhause entfernt. Tränen schossen ihr in die Augen. Eine unkontrollierte Reaktion, der Ausdruck ihrer Verzweiflung. Schon in ihrer Kindheit hatte Camilla das Potenzial zu großer Traurigkeit.

Diese hätte möglicherweise längst die Oberhand gewonnen, wäre da nicht Paul gewesen. Dessen Stimme drang plötzlich von der anderen Seite der Tür zu ihr:

»Camilla? Ich bin es, Paul! Ich hol' dich da raus!«

Wie ein Sonnenstrahl, der sich seinen Weg durch die dunkle Wolkendecke eines Gewitters bahnte, erhellten seine Worte ihr Gemüt.

»Die haben abgeschlossen und den Schlüssel abgebrochen«, schluchzte sie fast unverständlich.

»Dann müssen wir jetzt wie Pfadfinder denken, Cammy. Bewahre Ruhe und fühl' umher, ob du ein Werkzeug findest – irgendetwas aus Metall, womit wir die Tür öffnen können«, beschwichtigte er sie in sanftem Tonfall.

Jetzt nicht allein zu sein, bestärkte sie bereits genug, um sich zusammenzureißen. Wie Paul es empfahl, atmete sie tief durch und tastete mit den noch von der Saftdusche klebrigen Fingerspitzen die rauen Wände ihres Gefängnisses ab. Durch Staub und Spinnweben greifend bekam sie tatsächlich eine Auswahl an Gartengeräten zu fassen: Harken, Spaten, sogar eine Axt waren in dem Spind verstaut. Ein weiterer Lichtblick.

Paul instruierte Camilla von der anderen Seite des Metalls. Seiner Prognose nach würde sie es mit einer kraftvollen Hebelbewegung schaffen, das alt und rostig anmutende Schloss zu zerbrechen. Sie stemmte sich mit ihrem ganzen Gewicht gegen die Tür, klemmte in den dabei entstandenen, schmalen Spalt eines der Werkzeuge und hebelte erfolgreich die Tür auf.

Ohne Pauls kühlen Kopf und seine aufbauende Präsenz hätte sie vermutlich weder den Mut, noch die Stärke mobilisieren können, um sich aus der Falle zu befreien. Camilla zögerte einen Augenblick, ehe sie

Paul fest umarmte - sie wollte ihren Schmutz nicht auf ihn übertragen.

Paul schien sich darum keinerlei Gedanken zu machen, als er die innige Umarmung erwiderte. Sie hätte sogar schwören können, dass seine blasse Haut vor Scham errötete.

»Lass' uns was essen gehen«, schlug er mit friedfertiger Intonation vor.

In der großen Blockhütte, die als Speise- und Versammlungsraum für die Pfadfinderinnen herhielt, erntete Camilla abfällige Blicke. Der gesamte Raum verfiel in ein verurteilendes Schweigen, als sie ihn, dreckig wie sie war, betrat. Camilla wusste, dass sie jetzt stark sein musste. Zu sehr hatte sie sich all dies hier erhofft: Eine Herausforderung, eine Möglichkeit, wirklich gefördert zu werden. Sie wünschte sich inständig, dass die Beleidigungen mit der Zeit abnehmen würden; dass sie vielleicht ganz aufhörten, wenn sie nur lang genug durchhielt und alle sehen konnten, dass auch sie ein ganz normales Mädchen war.

Selbst die verletzenden Rufe, die die Stille des Raumes genauso wie ihr Herz durchbohrten, konnten diese Hoffnung nicht zerstören. Als sie sich mit Paul und einem Tablett voller Stampfkartoffeln und Krautsalat an einen leeren Tisch setzte, war der Raum nämlich in nichts anderes gehüllt:

»Chink! Chink! Chink! Chink!«

Trauern
Just Like Starting Over

»Chiiiink!«

Camilla war plötzlich hellwach. War das der Wind? Seit einigen Stunden waren die letzten drei Überlebenden wieder unterwegs. Zwar konnte Igor etwas Chaga finden, doch machte der - zugegebenermaßen sehr vitaminreiche Tee - den sie aus dem schwarzen Pilz gewinnen konnten, nicht satt. Er hielt die lebenswichtigen Organe warm und funktionstüchtig, schmeckte sogar einigermaßen gut – entkräftet waren sie dennoch.

Ein erneuter Angelversuch schien ihnen nicht sicher: Der Wind blies intensiver und die Zeit, die sie der Wildnis noch widerstehen konnten, schwand. Sie mussten alles darauf setzen, die Zivilisation zu erreichen. In diesem beklagenswerten Zustand spielten ihre Sinne scheinbar Streiche mit ihr: Etwas, das wie *Chink* klang, pfiff der Wind auf spöttische Art und Weise in ihr Ohr.

Camilla war bewusst, dass es sich hierbei um einen Effekt namens Pareidolie handelte, bei dem das Gehirn bestimmte Muster in willkürlichen Dingen sucht. Dennoch kam sie nicht umher, eine Gänsehaut zu bekommen. Eine, wie man sie nicht von kalten Temperaturen, sondern vielmehr von einer Panikattacke kannte.

»Ist alles in Ordnung?«, fragte Pawel, der sich schon seit Amandas vergeblicher Rettung um Camillas Wohlbefinden sorgte.

»Der Wind redet mit mir«, berichtete sie leise.

»Pareidolie!«, entgegnete der junge Mann daraufhin etwas enthusiastischer, als eigentlich angebracht.

»Ja, ich weiß... das Gehirn sucht nach Mustern, füllt die Dinge aus, die auf uns unvollständig wirken. Das Erkennen von Körpern in Wolken, Tintenkleckse auf weißen Leinwänden... oder Wind, der scheinbar mit uns zu reden beginnt.«

Pawel lächelte. Er hatte es wohl nicht oft mit Menschen zu tun, die sich in gleichem Maße für die Wissenschaft interessierten.

»Sometimes I give myself the creeps«, sang er mit seinem unverkennbaren Akzent.

»Sometimes my mind plays tricks on me«, stimmte Camilla in einem untypischen Moment der Gelassenheit mit ein und erwiderte sein Lächeln.

Vor allem die mitleidlose Luftströmung erinnerte sie allzu bald darauf an den Ernst der Lage: Zwar bot das kahle Waldstück, welches sie vor kurzem betreten hatten, etwas mehr Schutz vor den messerscharfen Böen - gefeit waren sie vor dem aufziehenden Sturm trotzdem nicht.

Schnelleres Vorankommen war leider genauso riskant, immerhin war die Schneeschicht, auf der sie sich fortbewegten, an manchen Stellen bis zu vierzig Zentimeter tief. Das ermittelte Igor, indem er vorausging und stichprobenartig mit einem Stock in die strahlend weiße Masse vor sich stach. Die Gefahr, in dem gefrorenen Pulver festzustecken, war nicht zu unterschätzen. Dass es oberste Priorität war, die eigene Körpertemperatur aufrecht zu erhalten, wurde ihnen mit dem Tod von Amanda schmerzlich ins Gedächtnis graviert.

Über weite Abschnitte des beschwerlichen Marsches schwiegen sich die drei Überlebenden an. Jeder steckte mit seinen Gedanken an einem dunklen Ort; bereitete sich auf einen Tod vor, der jederzeit eintreten konnte. Die Witterung war nur eine der vielen Bedrohungen, denen sie sich erwehren mussten. Camilla rekapitulierte all die Tode, die sie hätte sterben sollen: Der Autounfall. Der Drogencocktail. Der Flugzeugabsturz. Der Bär. Das Eis. Der Hunger. Und doch war sie noch am Leben. Ein Leben, das sie - obwohl sie jetzt so hart darum kämpfte - gar nicht mehr wollte.

Igor, der trotz der andauernden Strapazen nie aufhörte zu lächeln, stieß ihr im Vorbeigehen locker gegen die Schulter.

»Erzähl' mal. Warum bist du so stark?«, fragte er sie.

Camillas Augen weiteten sich vor Verblüffung. Sie hätte sich nicht im Entferntesten als stark bezeichnet.

»Da verwechselst du mich«, gab sie mit sarkastischem Unterton zurück, von dem sie nachträglich nicht sicher war, ob Igor ihn als solchen erkennen würde.

»Ich meine... warum hast du so viel Antrieb? Dein Kampfgeist. Wie Muhammad Ali!«

Camilla war weiterhin unsicher, wie sie dieses ungewohnte Kompliment aufnehmen sollte.

»Ich weiß es nicht. Dinge passieren einfach. Und man reagiert darauf, so gut man eben kann, schätze ich... was hält dich denn am Leben?«, lenkte sie das Thema auf den alten Mann.

Igor schien diese Frage leichter beantworten zu können. Er holte tief Luft und legte eine Hand auf seine Brust.

»Ich mache alles aus Trotz. Im Gulag haben sie mir gesagt, ich sei kein richtiger Mann. Würde keinen Monat durchhalten. Hab es aber Jahre geschafft. Hab' jede freie Minute gelesen, sogar ein bisschen Englisch gelernt, Wissen gesammelt«, enthüllte er stolz, bevor er einen Schluck aus seiner Trinkflasche nahm.

»Es anderen zeigen zu wollen, kann ungeahnte Kräfte freisetzen. Kennst du Alfred Nobel? Der Gründer vom Nobelpreis? Eigentlich war er berühmt für die Erfindung von Dynamit. Dann hat eine Zeitung eine Falschmeldung über seinen Tod gedruckt - da stand, der *Händler des Todes* sei gestorben. Alfred Nobel fand den Spitznamen nicht gut; hat sich sehr geärgert. Also hat er aus Trotz eine Stiftung gegründet und Geld für den Nobelpreis investiert. Jetzt erinnern sich alle nur noch an die gute Sache.«

Camilla, die den Erzählungen ihres Kameraden aufmerksam lauschte, wusste nicht wirklich, worauf er damit hinaus wollte, freute sich aber, mehr über ihn zu erfahren.

»Warum hat man dich überhaupt in ein Arbeitslager geschickt?«, recherchierte Camilla mit aufkommender Neugier. Eigentlich hielt sie sich ihren Mitstreitern gegenüber eher bedeckt; wollte nicht Gefahr laufen, im Gegenzug von sich erzählen zu müssen. Doch Igor hatte etwas Einladendes an sich.

»Artikel 121, sie nannten es *Muscheloschstwo*«, erklärte er. »Das bedeutet Beischlaf mit Männern. Schwul sein war streng verboten in der Sowjetunion. Jetzt ist es nicht verboten, gilt nur noch als Geisteskrankheit.«

Darauf adäquat zu antworten, fiel Camilla schwer. Zu vertraut war ihr diese Art von Ausgrenzung. Dass sich Menschen wegen solchen Nichtigkeiten voneinander abgrenzten, hatte noch nie zum allgemeinen Wohl beigetragen. Ob es in ihrem Fall Rassismus oder in Igor Nikolaevs Fall die Homophobie war: Sobald sich die Menschen nicht mehr als ebenbürtig erachteten, begann die Spirale der Grausamkeit.

Während sie sich unterhielten, nahmen sie Notiz von einem leichten Abstieg. Vor ihnen lag eine riesige, flache und offenbar unberührte Ebene in Sichtweite. Der schützende Wald schien hier sein Ende gefunden zu haben.

»Jedenfalls wurde ich in den Gulag geschickt. Wollte mich nicht mehr verstecken und habe es vor Gericht alles zugegeben. Hätte am Urteil sowieso nichts geändert... und nicht ich selbst sein zu dürfen, war das wahre Gefängnis. Normal bekam man für *Muscheloschstwo* fünf Jahre, aber der Richter fand mich wohl attraktiv. Hat mir dann zehn gegeben«, führte er aus und schmunzelte über seinen eigenen Witz.

Gerade wollte er auch Pawel dazu animieren, da entschuldigte sich dieser in ein naheliegendes Gebüsch. Pinkelpausen wurden eingelegt, wann immer sie eine abgeschottete Ecke fanden. Zu weit vom Rest der Gruppe wollten sie sich aus Angst vor Angriffen durch Wölfe oder Bären nicht entfernen.

Igor hatte schon die nächste Anekdote auf den Lippen, da riss ihn ein ungewohntes Geräusch aus der Plauderlaune: Das Pochen und Dröhnen eines kleinen Propellerflugzeuges zog über die entkräfteten Reisenden hinweg. Camilla und Igor suchten gegenseitig kurze Bestätigung beieinander, bevor sie hastig auf das Flachland zurannten. In Igors Rucksack befand sich die Leuchtpistole, mit der sie von hier aus auf sich aufmerksam machen wollten. Als Igor die Waffe an Camilla übergab, damit sie das Leuchtgeschoss sachgemäß abfeuern konnte, holte sie das Pech jedoch mit verblüffender Beharrlichkeit wieder ein.

Der Boden unter den beiden gab nach: Schnee, Geäst und zwei Körper fielen in ein tiefes Loch, das sich unvermittelt unter ihnen auftat. Der Schuss, der sich löste, als Camilla das Notsignal in den Himmel senden wollte, traf eine Baumkrone, hüllte die Lichtung in roten

Rauch und erreichte nicht die notwendige Höhe, um von dem vorbeifliegenden Hoffnungsschimmer wahrgenommen zu werden.

Noch deutlich dramatischer war jedoch, dass Igor und Camilla brutal am Boden der Fallgrube aufschlugen und sich mehrere Meter in der Tiefe wiederfanden.

Igor war mit dem Kopf auf einen spitzen Stein aufgeschlagen, blutete beträchtlich und regte sich nicht. Eines seiner hageren Beine stand in einem beunruhigend weiten Grad ab. Seine Kniescheibe hatte sich beim Aufprall grotesk verschoben und ragte nun aus seiner Hose hervor. Camilla landete nur minimal glücklicher, trug unzählige Prellungen und Schürfwunden am gesamten Körper davon. Am schlimmsten traf es ihren linken Arm - dieser war vom zersplitterten Ende eines zerbrochenen Astes durchbohrt worden.

Das fremde Objekt, welches durch ihren Unterarmmuskel ragte, erinnerte an einen Billardqueue, den ein frustrierter Spieler nach einem verlorenen Spiel zerteilt hatte.

Alles passierte so schnell, dass der Schmerz erst in Camillas Hirn ankam, als sie versuchte, sich aufzurichten. Mit wackeligen Beinen stützte sie sich an der Wand der Grube ab. Diese war rundlich ausgelegt und rundherum mit Pflastersteinen verkleidet. Wurzeln, Dreck und Erde veredelten den Anblick einer verrotteten Todesfalle. Einst musste dies ein Brunnen gewesen sein, den ansässige Jäger zu einer Falle für Wild umfunktioniert hatten. Versiegelt von Ästen und dem stetig herabfallenden Schnee, war die Falle sicher selbst für Eingeweihte schwer zu erkennen.

Die Freude darüber, einem von Menschen erschaffenen Bauwerk zu begegnen, hielt sich den Umständen entsprechend in Grenzen: Als Camilla den nach wie vor regungslos daliegenden Igor betrachtete, rückte der Ernst der Lage zurück in den Mittelpunkt.

Sie wollte gerade seinen Puls fühlen, als er hustend und zitternd erwachte. Sowohl die Verletzung an seinem Hinterkopf als auch ihr eigener Arm bedurften unverzüglich medizinischer Aufmerksamkeit. Andernfalls wäre dies ihr sicheres Ende gewesen.

Natürlich war es Pawel, der den Verbandskoffer in seinem Gepäck mit sich führte. Ob dieser, nachdem sie mit Igor so plötzlich weggerannt war, ihren Unfallort zeitnah finden würde, war ungewiss. Camilla merkte, wie die Panik langsam in ihr hochkletterte. In ihrem Körper läuteten aufgrund der blutenden Wunde ohnehin sämtliche Alarmglocken, was dem Versuch, eine Panikattacke wegzuatmen, nicht unbedingt zuträglich war. Doch die Beklemmung bestimmte ihr Handeln. Mit Schmerzen kam sie zurecht, dachte sie.

Vorsichtig griff sie den Ast in ihrem Arm. Zunächst zog sie behutsam daran; testweise, um zu fühlen, wie viel Druck sie ausüben konnte und welche Qualen sie damit verursachen würde. Den Fremdkörper zu entfernen würde höllisch weh tun, daran führte kein Weg vorbei. Hektisch atmend zog sie weiter.

Vielleicht würden ihre Schreie zumindest Pawel dabei helfen, sie schneller zu finden?

Also schrie sie so laut sie nur konnte, während Millimeter um Millimeter des verrotteten Holzes aus ihrer Wunde fuhr. Zwar verschluckte der pfeifende Wind einen Großteil ihrer Lautstärke, doch vermochte sie immerhin, Igor aus seinem Schockzustand zu wecken.

»Wo bin ich?«, fragte er merklich verwirrt.

»Wir sind scheinbar auf eine verdammte Fallgrube getreten«, fluchte Camilla.

»Ich kann nichts sehen«, stotterte Igor kläglich.

Der Aufprall seines Kopfes hatte den Teil seines Gehirns beschädigt, der die von den Augen über den Sehnerv übermittelten Eindrücke auswerteten.

Er war blind.

»Du blutest«, stellte Camilla fest und setzte an, um Igors Wunde zu inspizieren. Dieser stieß sie allerdings abrupt von sich.

»Bitte nicht. Ich möchte nicht, dass du dich bei mir ansteckst.«

Camilla starrte den alten Russen perplex an. Natürlich würde Igor ihre Mimik nicht lesen können, weshalb sie die offensichtliche Frage ausformulierte:

»Wovon redest du?«

Igor seufzte und zog einen seiner Handschuhe aus, um ihn als provisorischen Druckverband an seinen blutenden Hinterkopf zu drücken. Scheinbar stießen sie nun auf ein Thema, mit dem sich ihr Gegenüber tatsächlich schwertat.

»Weißt du, warum ich mich ausgerechnet jetzt dazu überwunden habe, zum Polarkreis zu reisen? Habe mich im Gulag mit HIV infiziert. Viele Gelegenheiten habe ich nicht mehr.«

Dann hielt er einen Moment inne, ehe er versuchte, seine Erzählung mit einem Scherz zu entschärfen: »Und ich weiß, was du jetzt vielleicht denkst - aber nein, es hat nichts mit *Muscheloschstwo* zu tun.«

Dann lachte er wieder. Diesmal schwang jedoch eine düstere Traurigkeit in der Kadenz seiner Stimme mit, die er auf ihrer gesamten Reise bisher besser zu überspielen vermochte.

»Wie ist es dann passiert?«, fragte Camilla, bedacht darauf, so vorsichtig und einfühlsam wie möglich zu klingen.

»Ein anderer Sträfling hat mich gebissen. Ich gefiel ihm wohl nicht so gut wie dem Richter. Oder er war eifersüchtig, weil ich lesen konnte und so oft ein Buch in der Hand hielt.«

»Kafka?«, spürte Camilla mit einem zaghaften Lächeln auf den Lippen nach. Sie machte sich Sorgen. Seine Kopfverletzung war verheerend. Dass er kaum zu merken schien, wie viel Blut er schon verloren hatte, war ebenfalls kein gutes Zeichen.

»Unter anderem, ja«, schmunzelte Igor.

»Wieso bist du wirklich hier?«, brach es schließlich aus Igor heraus. Camilla geriet dadurch ein wenig aus der Reserve - sie war nicht darauf vorbereitet, das Gespräch so plötzlich auf sich selbst gerichtet zu sehen.

»Traurigkeit«, gab sie knapp zu, nachdem sie eine lange Erklärung in ihrem Kopf schrieb und diese dann jedoch wieder verwarf.

Igor schien sie zu mustern. Obwohl er das Augenlicht verlor, wirkte er, als konnte er Camilla ohne Schwierigkeit durchschauen.

»Die Russen haben ein Wort dafür erfunden. *Tocka.* Es umfasst alles, was man wirklich sagen wollte, wenn man es nicht anders ausdrücken kann«, führte er aus.

»Was bedeutet es?«, fragte Camilla.

»Es bedeutet Trauer. Oder Schwermut. Aber es steht für etwas Tieferes. Einen existenziellen Schmerz, das einschneidende Gefühl der Einsamkeit. Für mich: Das Gewicht auf meinem Herzen, ein spiritueller Alarmzustand.«

Camilla würde sich dieses Wort gut merken.

Nach einigen Minuten hatte Pawel endlich, trotz des stetig stärker tobenden Unwetters, zu den beiden Verunglückten gefunden.

Mit seinem lockigen Kopf lugte er in das Loch.

»Wirf mir den Verbandskoffer runter!«, rief Camilla dem herbeigesehnten Retter entgegen.

Als Camilla den kleinen roten Koffer aufmachte, um Verbandsmaterial für Igors Wunden zu finden, legte er seine kalte, verschrumpelte Hand auf ihre.

»Wie soll ich so überleben? Ich kann nicht mehr sehen, nicht mehr laufen. Ich wäre nur noch eine Last«, resignierte er.

Doch Camilla war nicht bereit, ihn einfach zurückzulassen: Hastig streifte sie Latexhandschuhe aus dem Koffer über ihre Hände. Diese Art der Aufregung hätte eigentlich eine weitere Panikattacke auslösen müssen, ihr Körper schien sich jedoch längst mit dem konstanten Alarmzustand abgefunden zu haben.

»Ich werde dich sicher nicht einfach in diesem Loch sterben lassen«, versicherte sie sich und ihm mit einer sturen Bestimmtheit.

»Camilla. Es hat keinen Sinn. Mir ist so kalt, ich spüre nicht einmal die Körperteile, die mir schmerzen müssten. Ich habe nicht einmal die Kraft, aus diesem Loch zu klettern. Wie sollte ich dann marschieren?«

Camilla wollte Igors Protesten gerade Einhalt gebieten, da schaute Pawels Gesicht wieder über den Rand der Grube hervor.

»Ich glaube, ich habe vorhin in der Ferne ein paar Häuser gesehen. Durch den Sturm habe ich kaum etwas erkennen können, aber ich bin mir ziemlich sicher, dass es eine Siedlung gewesen ist. Vielleicht kam sogar das Flugzeug von dort?«

Das änderte alles: Wenn sie es tatsächlich in die Nähe der Zivilisation geschafft hatten, würden sie Hilfe holen können. Oder zumindest einen Weg finden, diesem Unheil zu entfliehen.

»Nun geht schon«, hustete Igor, dessen gebräunte Haut rasch an Farbe verlor. Selbst seine Lippen zeichnete ein bläuliches Weiß.

Gleichzeitig bemerkte Pawel auch Camillas Verletzung und reichte ihr seine Hand hinab.

»Versuch zu klettern! Ich zieh' dich rauf, wenn du meine Hand erreichst. Du brauchst dringend medizinische Hilfe...«

Camilla war zwiegespalten, doch Igor nahm ihr die Entscheidung ab. Der alte Mann, dessen Vitalität rapide schwand, nahm den Verbandskoffer und stopfte ihn in ihren Rucksack.

»Geh' jetzt.«

Camilla umarmte Igor schweigend, setzte sich den Rucksack auf und blickte in den verdunkelten Abendhimmel empor. Aus der Grube zu klettern, war für die Frau von schmaler Statur unter idealen Umständen eine machbare Aufgabe. Der Frost, das zusätzliche Gewicht und nicht zuletzt ihre verheerende Armverletzung erschwerten dieses Unterfangen jedoch erheblich. Mit aller Energie, die der letzte Schluck Chaga-Tee in ihr freisetzte, begann sie zu klettern. Morsche Wurzeln toter Bäume und scharfe Kanten verblichener Steine boten das Mindestmaß an Halt, um ihren gefährlichen Aufstieg zu bewältigen. Dennoch verlor sie kurz vor ihrem Ziel das Gleichgewicht, rutschte ab und wäre beinahe erneut in die Tiefe gestürzt - hätte Pawel nicht rechtzeitig nach ihrem unversehrten Arm gegriffen. Dank seiner schnellen Reflexe blieb Camilla eine erneute Bruchlandung erspart.

Auch Pawel erhielt eine innige Umarmung, als er sie anschließend aus dem Loch zog. Üblicherweise hätte sie das niemals getan. Doch haben die letzten Unglücke, denen sie zusammen ausgesetzt waren, einen Schalter in Camilla umgelegt: All die Traurigkeit, all die Rückschläge, all die Ungerechtigkeit, die Igor in seinem Leben hatte erdulden müssen, hielten ihn nicht davon ab, weiterhin so stark zu bleiben.

Warum sollte also Camilla, die in vielerlei Hinsicht mit ähnlichen Dämonen zu kämpfen hatte, einfach aufgeben? Zu weit war sie schon gekommen, zu viele Opfer hatte sie gebracht, um sich nach wie vor in ihrer Schale zu verstecken. Es war fast nichts mehr übrig, was man ihr noch nehmen konnte. Wovor hatte sie also solche Angst? Depression erscheint einem Menschen oft irrational; gewiss war sie an manchen Tagen besser zu ertragen als an anderen. Und wo Igor Nikolaev nun nicht einmal mehr in der Lage sein würde, seinen innigsten Wunsch auf der Welt zu erfüllen, sah sich Camilla dazu verpflichtet, weiterzumachen - für ihn und all die anderen Menschen, die sie verloren hatte.

Akzeptieren
Stand By Me

Der Horizont leuchtete in einem unheimlichen Rot, als Camilla und Pawel ihre müden Körper vorwärts schoben. Es war absolut notwendig, dass sie ihr Ziel erreichten, noch bevor die Sonne - und damit das komplette Licht der Umgebung - vollständig untergegangen war.

Ihr Mitstreiter hatte sich nicht geirrt. In der Tat waren dort die über Baumkronen hinausragenden Plattenbauten, die Pawel in der Ferne erblickt hatte. Einerseits war dieses Dorf, diese Stadt oder was auch immer sich dort befand, noch in weiter Ferne, doch andererseits verlieh ihnen allein die Aussicht auf Rettung neue Kraft.

Camilla hätte nicht für möglich gehalten, sich jetzt, am Rand der Welt, nach so vielen Verlusten und Strapazen, plötzlich wieder so lebendig zu fühlen.

Die Schneeschicht unter ihren Füßen war bei weitem nicht mehr so dick wie zuletzt in den höhergelegenen Gebieten. Überhaupt kamen sie auf dem deutlich flacheren Untergrund erheblich schneller voran.

Obwohl es in Sibirien mindestens neun Monate im Jahr schneite, hatten sich hier offenbar einst Menschen niedergelassen. Ähnlich wie die Arbeit in einer abgeschotteten Forschungsstation in der Arktis bedurfte es einiger sehr besonderer Charakterzüge, um es hier auszuhalten. Es erforderte eine innere Stärke in einem Umfeld zu erblühen, welches dem Leben an sich so abträglich war.

Camilla erfüllte dieses Kriterium. Anders ließ sich nicht erklären, wie sie mit verletztem Arm so weit marschieren konnte. Anders ließ sich nicht erklären, wie es eine junge Frau aus Long Island aushielt, trotz immensen Blutverlustes noch immer einen Fuß vor den anderen zu setzen.

»Wenn wir angekommen sind, werde ich das unbedingt nähen müssen«, mahnte Pawel und deutete auf die rot gefärbte Spur hinter ihr. Unter dem Ärmel ihrer Jacke befand sich ein völlig mit Blut vollgesaugter Verband. Ihr warmes Blut tropfte schon seit einer Ewigkeit an ihren tauben Fingern hinab und zersetzte den Schnee unter ihr.

Camilla nickte zustimmend. Sie verschwieg ihm, dass sie ihren Arm längst nicht mehr spürte und ebenso wenig bemerkte, wie Blut an ihm herunterlief. All die Mühsal, all die Anstrengung würde, sobald sie die Stadt erreichten, endlich ihr Ende finden. Das letzte Stück würde sie noch aushalten.

Als die beiden jedoch die großen, grauen Gebäude im Schein der letzten, über den Horizont ragenden Sonnenstrahlen erreichten, machte sich die Ernüchterung breit.

Eine Ernüchterung, die in bodenlose Verzweiflung umzuschlagen drohte.

Zu groß war die Hoffnung, zu dringend die Not, als dass sie es überhaupt in Erwägung gezogen hatten, dass hier nicht die Erlösung auf sie wartete.

Doch der abgelegene Ort, den sie unter Aufwendung ungeahnter Reserven erreichten, war eine Geisterstadt.

Mit braunem Rost überzogene Schaukeln, Fenster mit trübem, zersplittertem Glas, von der Witterung völlig verrottete Autowracks... all dies begrüßte die beiden Überlebenden, als sie die Schwelle zur verlassenen Ansiedlung überschritten. Vom heulenden Wind und gelegentlichen Krächzen der Vögel abgesehen war nur das klimpernde Geräusch einer Metallkette zu hören, die von den Böen gegen einen verrosteten Bagger geschlagen wurde. Erneut war das schlimmste Szenario eingetreten, in dem sie sich hätten wiederfinden können.

Camilla verlor vor Entsetzen das Gleichgewicht, landete auf den Knien und legte den Kopf resignierend in den Nacken. Als würde sie den Gott verfluchen, der ihr all dies antat, seufzte sie. Die entkräftete Frau atmete mehrmals tief durch, bis sich ihr letzter noch lebender Mitstreiter näherte und eine Hand auf ihre Schulter legte.

»Wir haben es weit geschafft«, konstatierte er.

»Woher willst du das wissen?«, fragte Camilla.

»Ich weiß es einfach. Überlege dir doch nur einmal, wo deine Reise begann. Wie viel sich von dir loslöste, wie viel du von dir abgestreift hast, um es hierher zu schaffen...«

»Und trotzdem hat es nicht gereicht«, widersprach sie, während sie sich wieder aufrichtete.

»Dann ist der Kampf noch nicht vorbei.«

Zu zweit erkundeten sie die größtenteils verbarrikadierten, baufälligen Häuser der Geisterstadt.

»Wenn wir es bis aufs Dach schaffen, bevor die Sonne vollständig untergegangen ist, entdecken wir vielleicht mehr Zivilisation«, sagte Pawel.

»Oder noch mehr Post-Apokalypse«, entgegnete Camilla, zu gleichen Teilen witzelnd und kapitulierend.

»So oder so: Es ergibt Sinn, etwas Schutz vor dem Wetter zu suchen«, empfahl Pawel, den konfrontierenden Unterton in ihrer Stimme ignorierend.

Natürlich war es unwahrscheinlich, dass sie in dem zurückgelassenen Schrott noch irgendetwas Brauchbares finden würden. Zumindest, um sich vor der nächtlichen Kälte abzuschotten, waren die heruntergekommenen Plattenbauten zu gebrauchen. Die Nacht würde bald über sie hereinbrechen und die ohnehin niedrigen Temperaturen tiefer in den Keller treiben.

Im Treppenhaus eines Plattenbaus mussten sie über Müll klettern, der sich höher stapelte als die Berge von

Schnee, durch die sie seit Tagen wateten. Die staubige Luft stellte einen immensen Kontrast zur unnachgiebigen, sibirischen Frische dar, die sich sonst so ungeniert auf ihre Atemwege legte.

In den goldenen Tagen der Sowjetunion wurden unzählige Monostädte überall im Land aus dem Boden gestampft. Diese Orte waren eng mit einem einzigen Wirtschaftszweig verbunden. Oftmals fundierte die gesamte Wirtschaft dieser Ansiedlungen auf dem Kohleabbau und der Stahlindustrie, die der sowjetischen Kriegsmaschinerie zuträglich waren. Natürlich brachte dies Chaos und Armut über eben genau diese Teile der Bevölkerung, als die Sowjetunion ihrem Niedergang entgegensteuerte. Unzählige dieser Monostädte wurden nahezu über Nacht von den Arbeitern, die für ihre Mühen nicht mehr bezahlt werden konnten, verlassen. Nicht wenige ließen dabei einen großen Teil ihres Lebens zurück.

In diesen Überresten fanden sich Camilla und Pawel wieder. Unlesbare Namen standen noch an den vergilbten Klingelschildern. Putz bröckelte von den Decken, Lack blätterte von den Treppengeländern. Es war unklar, wie lang diese Siedlung schon verlassen war. Vor fast fünf Jahren fiel der Eiserne Vorhang, die wirtschaftliche Notlage begann schon vorher.

Die Geschwindigkeit, mit der sich der Planet seinen Lebensraum zurückholte, hätte Camilla zuvor noch beeindruckt. Nachdem sie allerdings so oft ums nackte

Überleben ringen musste, war ihr vollumfänglich bewusst, wie mächtig die Natur eigentlich war.

An der obersten Etage angekommen stand nur noch eine mit einer dicken, rostigen Schicht überzogene Metalltür zwischen ihnen und dem Ausblick auf dem Dach. Pawel stemmte sich mit aller Macht dagegen, vermochte jedoch nicht, sie aufzustemmen. Auch er, der sonst so tapfer durch den Schmerz hindurchgekämpft hatte, war an seinen Grenzen angelangt. Es lag in seinem Naturell, einfach zu lächeln; egal, wie beschwerlich die Reise auch wurde. Der Punkt, an dem auch seine Reserven verbraucht waren, lag genau genommen bereits Stunden zurück.

Camilla wollte helfen, lehnte sich - zunächst unachtsamerweise mit ihrer verletzten Seite - gegen das Metall und jaulte vor Schmerzen auf. Sie wusste, dass sie es, wie schon bei der blockierten Cockpit-Tür, nur gemeinsam schaffen würden, auch diese Hürde zu überwinden. Beide bündelten ihre Kräfte, zählten bis drei und wuchteten sich mit allem, was ihre müden Körper noch hergaben, gegen die Tür.

Mit einem hohen und durch das gesamte Gebäude hallenden Quietschen gab sie nach. Eine messerscharfe, eiskalte Windböe schlug Camilla und Pawel ins Gesicht. Natürlich war es hier, acht Etagen über dem Erdboden, noch viel windiger.

Sprachlos standen die beiden Überlebenden auf dem Dach des Hochhauses. Die Abendsonne tönte ihre von

Schnee überdeckte Umgebung in einen beruhigenden Karamellton. Mit einer Mischung aus Bewunderung und Resignation überblickten sie die Landschaft vor ihnen. Eigentlich hätte sich erneute Ernüchterung in Camilla breitmachen müssen, als sie in jeder Himmelsrichtung nur wieder den exakt gleichen Schnee und den gleichen, endlosen Wald wiederfand.

Doch Camilla schien vom Ausblick zu sehr eingenommen, zu fasziniert von den Gefühlen, die das Panorama über unbesiegte Natur in ihr auslöste.

»Wir finden schon noch zurück. Die Straßen sind vom Schnee bedeckt. Mit ein wenig Mühe finden wir einen Weg«, versuchte Pawel seine Mitstreiterin zu motivieren.

»Ist schon okay«, entgegnete Camilla zufrieden.

In einer Wohnung, die einst von jemandem mit dem Nachnamen *Kusnezow* bewohnt worden war, richteten sie sich ein Lager ein. Pawel riss ein großes Stück verstaubten Teppich aus dem Boden und legte ihn über einen rustikal anmutenden Stuhl mit einem lockeren Bein. Aus den wenigen Dingen, die zurückgelassen wurden, baute der junge Mann ein kleines, mit viel Wohlwollen nahezu gemütliches Plätzchen.

Zum Glück wussten sie mittlerweile genau, wie sich ein kontrolliertes Feuer entzünden ließ, sodass sie nicht einmal frieren mussten. Mit losen Fliesen als Dämmung, der Vaseline als Brennstoff und den überall von den Wänden hängenden Tapetenfetzen als Zunder ging der Plan auf.

Pawel erhitzte über den Flammen eine Nadel, mit der er Camillas Wunde endlich versorgen konnte. Zu rasten, ihre müden Körper zu regenerieren, hatten sie viel zu lang vernachlässigt. Ihr letzter Proviant - ein paar Biskuits aus dem Flugzeug und zwei kleine, noch halb mit Tee gefüllte Plastikflaschen - würde sie über den Tag retten.

Den Hunger, der sie mehr als alles andere ihres Antriebs beraubte, würden sie damit nicht stillen können.

Überhaupt trugen sie nicht mehr viel mit sich: Das Gewehr, ein paar Gefäße und den zerknitterten Brief von Glenn Regan, den Camilla zu behüten versprach.

»Ich bin ganz vorsichtig. Keine Sorge, Cammy. Ich pass' auf dich auf«, beruhigte Pawel sie, als sie den Schmerz der Nadelstiche verbalisierte.

»Ich bin nicht sicher, ob ich das überhaupt verdient habe«, flüsterte sie.

»Was meinst du?«, fragte Pawel.

Camilla schwieg. Für einen Moment, der sich wie eine Ewigkeit anfühlte, starrte sie in die lodernde Glut ihres Lagerfeuers. Mehrmals holte sie Luft, um etwas zu sagen, doch verschluckte sie ihre Worte jedes Mal wieder.

»Wir müssen nicht darüber sprechen«, wich Pawel zurück. Er hatte bemerkt, dass Camilla ein Gewicht mit sich trug, welches sich nicht teilen ließ.

»Die Kälte, der Schnee... ich war eigentlich hergekommen, um zu vergessen. Aber sie sind eine konstante Erinnerung an das, was ich getan habe.«

Camilla schluckte. Sie war außer Atem; allein der Gedanke an ihre Schuld schien körperlich anstrengend.

»Ich war unachtsam. Es war so stürmisch, ich konnte kaum etwas sehen. Dann war da dieses Kind. Es rannte auf die Straße und ich konnte nicht mehr bremsen. Das Auto überschlug sich... ich wollte das alles nicht«, führte sie weiter aus. Pawel hatte sein Verbandswerkzeug mittlerweile beiseite gelegt und war neben sie gerückt; legte einen Arm um ihre Schulter.

»Die Mutter des Kindes hat... so laut geschrien. Ich habe noch nie in meinem Leben etwas so Lautes gehört. Und dann sah ich das Kind: Es lag regungslos in einer Wasserpfütze auf dem Asphalt. Die Mutter schüttelte es, drückte es an sich. Doch es regte sich nicht. Es war nur noch ein Körper. Ohne Leben. Wie eine Puppe. Doch dann neigte sich der Kopf des Kindes in meine Richtung. Kurz bevor ich ohnmächtig wurde, schien mich das tote Kind direkt anzuschauen, verstehst du? Und dieses Bild...«, beichtete sie weinend, »... dieses Kind erscheint mir ständig, überall. Kennst du das, wenn du ein Bild, oder ein Muster ganz lang intensiv anstarrst, und deinen Blick dann auf eine weiße Wand abwendest? Genau dieses... Echo... sehe ich. Jeden Tag. Und der Schnee... die weiten, weißen Flächen... ich kann das Autowrack nicht verlassen, ich liege auf der Straße und sehe dieses Kind... es tut mir so schrecklich leid.«

Pawel streichelte ihre Schulter. Camillas Armverletzung wusste er zu verarzten. Die in ihrem Verstand hingegen waren mit Verbandszeug nicht zu lindern.

Dann wendete er seinen Blick auf den Boden und sah den Walkman, der sich in Camillas Jackentasche befand. Er zog das ramponierte Gerät, das schon so viel überstanden hatte, heraus und legte ihr den Kopfhörerbügel um. Als er die Play-Taste drückte, schallte leise Musik durch das verlassene Wohnzimmer. Camilla atmete tief aus und lehnte ihren Kopf an Pawels Schulter, bis sie einschlief.

»Lass los«, erlaubte er.

Träumen III

Es war eher der Schock als der Schmerz, der sie aufschreien ließ. Arnold hatte sich an sie herangeschlichen. Ohne Rücksicht an ihren Schopf gepackt und an ihren Haaren gerissen.

Arnold war ein Kind, das mehr Zeit damit verbrachte, anderen das Leben schwer zu machen, als sich um sein eigenes zu kümmern. Auffällig, unbegabt, perspektivlos... und kräftig. Er riss Camilla zu Boden.

»Lass los!«, bettelte sie.

Es war nicht das erste Mal, dass sich einer ihrer Mitschüler an ihr vergriff. Warum gerade sie immer zum Ziel dieser Attacken wurde, erklärte sich ihr nach wie vor nicht genau. Sie wusste, dass sie anders aussah als jedes weitere Kind in ihrer Klasse. Sie wusste, dass sie weniger Schwierigkeiten als andere Kinder hatte, den Stoff zu lernen. Sie wusste, dass sie nicht sehr umgänglich, ja sogar außerordentlich zurückgezogen, in sich gekehrt und schüchtern war. Doch wieso sie deshalb seit Jahren derartigen Anfeindungen ausgesetzt war, verstand sie nicht.

»Du denkst, du seist was Besonderes, was?!«, brüllte der Junge in ihr Ohr, während die Kinder um sie herum tatenlos zuschauten.

Zumindest, bis Paul wie aus dem Nichts auftauchte, und Camilla zur Hilfe eilte.

»Keine Sorge, Cammy. Ich pass' auf dich auf«, versprach Paul lächelnd.

Schon wieder kam Paul in ihrer dunkelsten Stunde hervor, um sie zu beschützen.

Zielstrebig stürmte er auf Arnold zu, griff ihn mit beiden Händen am Kragen seines Strickpullovers und stieß ihn so fest er nur konnte von Camilla weg.

Die Tränen in ihren Augen verzerrten ihre Sicht. Der verschwommene Körper vor ihr strauchelte, stolperte und fiel rücklings auf den bunten Linoleumboden.

Arnold war von dieser plötzlichen Attacke eiskalt erwischt worden - er hatte nicht im Ansatz für möglich gehalten, dass sich jemand seiner Tyrannei widersetzen würde. Erfolglos mit den Armen nach Halt suchend taumelte er zurück, bis das nunmehr unausweichliche Unglück geschah.

Er fiel einem weit offenstehenden Schließfach entgegen, dessen Kante genau in Fluglinie seines Kopfes lag. Dort stieß er an; prallte mit Schwung gegen das unnachgiebige Metall des Schrankes. Diese hässlichen Schließfächer waren Überschuss der Army. Die Schule sparte an wirklich jeder Ecke Geld und pfiff auf kindgerechte Ausstattung.

Arnolds Kopf schlug an und schnellte unverzüglich zurück nach vorn. Die urplötzliche Erschütterung richtete verheerenden Schaden an: Sein Genick brach deutlich hörbar, ehe eine Spur von Blut seinem von jetzt auf gleich leblosen Körper folgte, der gegen die Schließfächer gepresst zu Boden rutschte.

All dies geschah im Bruchteil einer Sekunde.

Für Camilla schienen es Stunden zu sein. Wie in Zeitlupe entfalteten sich die Ereignisse vor ihren Augen. Der Ausdruck auf Arnolds Gesicht, als er das Gleichgewicht verlor. Die so unecht wirkende Farbe seines Blutes. Die wie eine Flutwelle über sie einbrechenden Gedanken an die Konsequenzen, die diesem Ereignis folgen würden.

Ähnlich bizarr wirkte die Reaktion von Mr. Chipman, der scheinbar alles beobachtet hatte, geschockte Kinder beiseite schob und sich über Arnolds Körper beugte. Dann trafen seine Augen auf Camilla, in dessen Richtung er direkt laut fluchend mit dem Zeigefinger wedelte. Die Worte, die er ihr entgegenrief, waren unverständlich. Als wäre der Kanal zwischen seinen Stimmbändern und ihren Gehörgängen auf verschiedene Frequenzen eingestellt.

Die nassen Lippen, die von einem streng getrimmten Bart eingezäunt waren, formten Worte, die sie kannte. Worte, mit denen man sie schon so oft verletzte, dass sie deren Bedeutung spürte, ohne, dass sie diese überhaupt hören musste.

Camilla merkte, wie kalter Schweiß zwischen ihren Schulterblättern hinabrann, wie ihre Hände taub wurden und alles um sie herum verschwamm.

»Warum ich?«, fragte sie kleinlaut. Niemand reagierte. Sie alle starrten sie an, sammelten sich hinter Mr. Chipman, der stetig weiteren Lärm in ihre Richtung pustete. Was hatte sie getan?

Dann packte Mr. Chipman ihr Handgelenk - so fest, sie war sich sicher, er würde es nie mehr loslassen. Er zog sie vom Boden hoch, streckte ihr sein vor Wut errötetes, schwitzendes Gesicht entgegen und schrie.

Der Ton war laut, schmerzhaft sogar. Bohrte sich durch ihr Herz, erschütterte ihre Knochen. Ihre Panikattacke, nun in vollem Effekt, formte Mr. Chipmans Gesicht zu dem eines Dämons. Ein Ungeheuer, wie es unter jedem Kinderbett nächtigte.

Das Monster toste.

Es war das letzte Mal, dass sie Paul sah.

Das Monster brüllte.

Sie wollte weglaufen.

Das Monster schrie.

Doch es gab kein Entkommen.

Das Monster kreischte.

Überleben
Hard Times Are Over

Es war unklar, ob es der Albtraum oder der Zug war, der Camilla aus ihrem Schlaf riss. Manchmal konnte man nicht sicher sein, wo der Traum endete und die Realität begann. Das Erwachen war, wovon auch immer es nun ausgelöst wurde, schmerzhaft. Die nächtlichen Visionen, die sie seit ihrem Absturz heimsuchten, waren Erinnerungen, an die sie sich nicht erinnern konnte. Geschehnisse, die ihr Unterbewusstsein vor ihr verborgen hielt.

Obwohl sie über diese Erkenntnis in Ruhe nachdenken sollte, erforderte der Moment etwas anderes von ihr: Das unverwechselbare Geräusch von Güterwaggons, die sich behäbig über Bahngleise schoben, hallte über die vermeintliche Geisterstadt hinweg. Draußen war es schon dunkel, so viel erkannte sie zwischen den Spalten der Holzbretter, mit der ihr Fenster verbarrikadiert wurde. Nur ein zahmes Flackern ihres Lagerfeuers erhellte ihre Umgebung. Eine Umgebung, die nur sie allein beherbergte.

Pawel war verschwunden.

Er hatte weder seinen Rucksack noch das Gewehr mitgenommen. Sie erinnerte sich, wie sie an seiner Schulter eingeschlafen war. Wieso hatte sie dann nicht bemerkt, dass er aufgestanden und weggegangen war? Wieso hatte er ihr nicht Bescheid gesagt?

Eine vertraute Angst legte sich auf ihre Haut.

Camilla vermutete, Pawel vielleicht auf dem Dach zu finden, weshalb sie mithilfe ihrer Axt eine zweckmäßige Fackel aus dem wackelnden Stuhl und der übrigen Vaseline baute. Auf der nun in flackerndes Licht gehüllten Treppe erklomm sie die Stufen nach oben. Die schwere Metalltür war weiterhin im Weg, doch ließ sie sich - sehr zu Camillas Verwunderung - von ihr allein öffnen.

Was sie dahinter sah, raubte ihr den Atem.

Sie hatte bereits auf Fotos und in Dokumentationen gesehen, welch Schönheit einem Polarlicht in besonders klaren Nächten innewohnte. Das reale Spiel der bunten, schimmernden Lichtstreifen mit eigenen Augen über sich tanzen zu sehen, brachte sie jedoch mit Leichtigkeit zu Fall.

Eine gigantische, grün leuchtende Welle, im Firmament erstarrt, wusch über die russische Tundra hinweg. Wie ein Riss in der Realität strahlte der schwebende Smaragd auf sie hinab. Sie wünschte sich nur, dass Igor noch in der Lage gewesen wäre, diesen unerreichbaren Anblick mit ihr teilen zu können.

Die Stämme und Völker vergangener Tage hatten die buntesten und ausgefallensten Erklärungen für das mystisch anmutende Phänomen. Von den Ureinwohnern Amerikas über die Wikinger Skandinaviens bis zu den Eskimos des arktischen Polarkreises: Sie alle überlieferten Geschichten von großen Feuern ihrer Götter, Nachrichten ihrer kürzlich verstorbenen Angehörigen oder bösen Omen für die unmittelbare Zukunft. Manche Inuit-Stämme erzählten sich, dass es sich um Verstorbene aus dem Jenseits handelte, die mit den Knochen von Walrössern spielten. Die Inuits anderer Orte widersprachen dem und waren eher der Ansicht, dass es die Walrosse waren, die mit menschlichen Knochen spielten. Camilla mochte letztere Version.

Erst das zunehmend eindringliche Echo des Zuges lenkte ihren Fokus zurück auf die Erde.

Noch immer keine Spur von Pawel. Hatte er den Zug vor ihr gehört, und sich bereits aufgemacht, um ihn zu erwischen? Ein Gedanke, der gewiss nicht verkehrt gewesen wäre. Wo auch immer der Zug halten würde: Es wäre ein Ort, der Rettung versprach. Nur warum würde Pawel sie hier zurücklassen? Vor allem, nachdem sie ihm ihr Herz ausgeschüttet hatte? Nachdem sie sich endlich geläutert fühlte?

Über die gerahmte Kante des verrotteten Hochhauses blickte sie gen Süden. Der starke Schneefall der letzten Tage muss die Schienen komplett verdeckt haben, weshalb sie am vorigen Abend weit und breit kein Anzeichen davon bemerkt hatten.

Trotzdem ratterte nun ein Güterzug nur wenige hundert Meter an der verlassenen Stadt vorbei, in der sie rasteten.

Die nächste Entscheidung musste sie schnell treffen. Sie war verwirrt, entkräftet, hungrig, verletzt... und doch würde sie es womöglich schaffen, den Zug zu erreichen, wenn sie sich bloß beeilte.

Sie beeilte sich.

In Windeseile und ohne Rücksicht auf ihre Sicherheit, schnellte sie die Treppen hinab. An einer Stelle verpasste sie die Stufe, trat ins Leere und drohte zu stürzen, fing sich aber rechtzeitig am Geländer. Mit der Hand ihres verletzten Arms hielt sie das brennende Stuhlbein noch immer so fest umschlungen wie sie konnte. Camilla würde es brauchen, sobald sie in der nächtlichen Tundra durch den Schnee eilte. Hektisch packte sie ihren Rucksack, schwang ihn über die Schulter und sprintete aus dem Gebäude. Die Axt, das Gewehr - diese Dinge hatten ihren Zweck erfüllt und mussten zurückbleiben.

Vor der Haustür blickte sie die Hauptstraße hinab. Die gesamte Siedlung bestand ohnehin nur aus einer einzigen langen Straße, gesäumt von gigantischen Plattenbauten und Fabriken. Am Ende dieser Straße sah sie die verschwommenen Lampen des Zuges vorbeiziehen. Das Fahrzeug bewegte sich langsam, nur minimal schneller als Schrittgeschwindigkeit. Erstmals auf ihrer denkbar beschwerlichen Reise dankte sie dem Wetter. Camilla konnte es schaffen. Sie musste.

Eilig hastete sie den verschneiten Pfad entlang, dem dröhnenden Zug entgegen. Jeder ihrer Schritte sank tief in den Schnee unter ihr ein. Ihr Blick war fest auf das Ziel vor ihr gerichtet. Mehr denn je ging es nun ums blanke Überleben. Ihr Überleben. Die Kraftreserven waren verbraucht, ihre Schale war geknackt. Würde sie es jetzt nicht schaffen, war es um sie geschehen. Also lief sie weiter; setzte einen Fuß vor den anderen.

Die vergangenen Strapazen forderten allerdings einen hohen Tribut. Camillas Beine fühlten sich an, als wären ihr noch zusätzliche Gewichte umgebunden worden. Zweifelsohne das letzte Aufbegehren ihrer Dämonen. Camilla lief trotzdem weiter.

Mit dieser Art von Hemmung war sie vertraut. Sie waren längst zu einem konstanten Begleiter geworden. Wie ein Schatten, untrennbar mit ihr verbunden. Nur war dieser Schatten nicht an ihrer Ferse befestigt, sondern tief in ihrem Inneren verankert. Stets nur einen Gedankengang entfernt, stets bereit, sie mit allen Mitteln zu lähmen. Doch Camilla lief trotzdem weiter.

Der Zug, mittlerweile in Camillas unmittelbarer Sichtweite, begann zu beschleunigen. Die meisten der schier unzähligen Waggons waren bereits vorbeigezogen. Das Zeitfenster, in dem sie darauf aufspringen konnte, schloss sich rapide.

»Pawel! Stop! Hilfe!«, rief sie, von der Anstrengung irritiert und völlig außer Atem.

Mehr noch als die selbstgebastelte Fackel in ihrer Hand brannte das Feuer in ihrer Lunge. Obwohl es schmerzte, war sie dankbar für dieses Gefühl. Es ist nicht lange her, da suchte sie jede Möglichkeit, Gefühle zu verhindern. Das hatte sich endlich geändert.

Während der gesamten Reise schienen Teile ihrer Hülle abzusplittern. Mit jedem Verlust hinterließ auch sie etwas von sich. Bei jedem Schritt tropfte etwas von ihr hinab, schmolz schwarze Löcher in den Boden.

Wie ein Pullover mit einem losen Faden, an dem man so lang zog, bis er gänzlich in sich zusammenfiel, war auch die Schicht, die Camilla um sich errichtet hatte, nach und nach eingestürzt.

Der Zug war fast zum Greifen nah. Camilla erkannte die grün glänzenden Reflexionen der Aurora im glatten Stahl der Wagons. Ihr Plan, den Güterzug einzuholen und auf ihn aufzuspringen, war natürlich nicht ohne Gefahr: Ab einer bestimmten Geschwindigkeit entstand ein Sog unter den Rädern der Waggons, dem schon unzählige Menschen zum Opfer fielen. Sie kamen beim Aufspringen buchstäblich unter die Räder. Die Alternative, sich weiterhin zu Fuß durch die Tundra und Taiga zu kämpfen, dem abweisenden Atem der Wildnis zu trotzen, ließ sich als ebenso tödlich einschätzen. In ihrer Verfassung würde sie keinen weiteren Tag überstehen.

Also sprang sie.

Der Zug hatte inzwischen eine Geschwindigkeit erreicht, mit der sie auch in gesundem Zustand nicht lange mitgehalten hätte. Frei nach dem Motto *jetzt oder nie* stieß sie sich vom gefrorenen Untergrund ab und streckte sich nach einem Griff am Waggon aus.

Nichtsdestotrotz erwiesen sich ihre Bemühungen als ungenügend. Es waren lediglich Zentimeter, die ihrem Wagnis die Belohnung verwehrten.

Wäre sie nur etwas schneller gewesen, etwas früher losgerannt, etwas stärker abgesprungen... dann wäre sie jetzt ein Passagier auf der Fahrt zurück in die Zivilisation. Stattdessen griff sie ins Nichts.

Mit der selben Kraft, mit der sich Camilla vom Boden abstieß, landete sie mit dem Gesicht voraus im Dreck. Der Zug ratterte unbeeindruckt weiter und ließ sie im aufgewirbelten Schnee zurück. Die Fackel war, zusammen mit ihrer Hoffnung auf Rettung, erloschen. Was blieb, war eine am Boden liegende, gebrochene Frau. Allein in der Dunkelheit.

All die schmerzhaften Situationen, die sie zu diesem Punkt geführt hatten, kreisten durch ihren Kopf. Der unliebsame Ballast, der sich auf ihren Schultern stapelte, sicherstellen wollte, dass sie für immer fest am Boden verwurzelt blieb.

Sie schrie so laut sie nur konnte. Sie verfluchte sich selbst für alles, was geschehen war. Wann nahm diese Tortur endlich ein Ende? So lag sie da, desillusioniert und todgeweiht.

Bis sie sich aufrichtete. Bis sie die Augen öffnete, sich an dem Stuhlbein aufstützte und auf wackeligen Beinen weiterging. Die Camilla, die einst hier herkam, war endgültig gestorben. Sie hat geleugnet, gewütet, verhandelt, verzweifelt... und akzeptiert.

Eine neue Camilla hat sich aufgerichtet und fest vorgenommen, weiter zu gehen. Das Polarlicht, die einzige Lichtquelle, erhellte ihren Weg.

Sie wusste, dass es noch so viel für sie zu tun gab. Hier im Schnee, am Rande einer wenig befahrenen Eisenbahnstrecke, mitten in der russischen Wildnis zu sterben, war nicht, was die neue Camilla für ihre Zukunft vorgesehen hatte. Nach ihrem Flugzeugabsturz hielten sie die Überlebensinstinkte über Wasser. Sie wusste, dass die anderen sie brauchten; dass sie in der Lage war, für die anderen Passagiere stark zu sein.

Nun, nachdem einer nach dem anderen vom Eis verschluckt worden war, blieb nur noch sie selbst, für die sie stark sein konnte.

Für Stunden folgte sie den Gleisen, weiter ins Landesinnere. Nachdem die Aurora Borealis verschwunden war, hörte sie die Wölfe in der Ferne jaulen.

Camilla war klar, dass sie sich ohne Gewehr, Feuer oder Werkzeug nicht würde verteidigen können, beschleunigte daher für eine Weile ihren wankenden Schritt. Angst war, neben ihrem neu entfesselten Lebensmut, ein erstklassiger Motivator.

Im Morgengrauen verschwanden die Schienen in dichten Wäldern. Längst nahm sie weder die Kälte noch Hunger zur Kenntnis. Es war nicht unwahrscheinlich, dass auch sie - wie zuvor Amanda - der Hypothermie erliegen würde. Die Temperaturen waren inzwischen zwar deutlich höher als an der Absturzstelle, als tödlich würden sie sich auf lange Sicht dennoch erweisen. Camillas Zustand attestierte ihr das.

Nach dem dichten Wald erreichte sie einen Fluss. Hier musste sie gelegentlich den direkten Pfad entlang der Bahngleise verlassen, um nicht in die Quere von Tieren zu geraten, die dort ihr Heim hatten. Es gab ohnehin keinen Grund mehr zu rasten.

Gelegentliches Rascheln im Dickicht oder ferne Rufe alarmierten sie. Ob es sich dabei um Bären, Schneeleoparden, Elche oder Wölfe handelte, wollte Camilla keinesfalls herausfinden.

Mehr und mehr Grün mischte sich unter das blendende Weiß des Schnees. Eine Nuance mit erstaunlichem Effekt auf die völlig ausgezehrte Überlebende: Ungewohnter Optimismus stieg in ihr auf. Natürlich war das nicht zwangsläufig etwas Positives. Kurz bevor die Systeme versagten, überkam eine irrationale Euphorie den Körper ein.

Dieses Hochgefühl - so abstrakt es sich nach all den Strapazen auch anfühlen mochte - war womöglich gerechtfertigt: Als Camilla, dem Tode nahe, zwischen den Bäumen einen Schneehügel hinauf stapfte, vernahm sie etwas, das sie seit einer gefühlten Ewigkeit nicht mehr gehört hatte. Der Klang von Gelächter.

Bedachte man, dass sie ausgehungert, massiv unterkühlt und schwer verletzt war, lag der Gedanke nah, dass es sich bei diesen Geräuschen um Halluzinationen handelte. Doch warum sollte sie sich ausgerechnet Gelächter einbilden? Ein Klang, der überall auf der Welt gleich war. Etwas, dass so unverkennbar war, dass es nur eines sein konnte: Spielende Kinder.

Ihr Schritt beschleunigte sich. Um nicht zu fallen, stützte sie sich an jedem Baum ab, der in Reichweite lag. Als sich ihr Sichtfeld über den Hügel ausdehnte, entdeckte sie in der Nähe einen kleinen Teich. Ihr Herz pochte wie verrückt. Die Sonnenstrahlen, die ihr über dem Horizont entgegen winkten, tanzten über die vereiste Fläche, blendeten sie und verbargen, was genau sich darauf abspielte. Das Lachen der Kinder wurde lauter. Camilla stolperte übereifrig den Hügel hinab.

Ihre Beine knickten immer wieder weg; einen festen Stand zu finden, schien vergebens. Sie rutschte den Hang hinab, strauchelte, fiel auf die Knie. Vor ihr erstreckte sich eine unberührte, weiße Fläche. Frischer Schnee, aus dem hier und da ein Halm herausstach. Ansonsten unberührt wie die Leinwand eines Künstlers ohne Muse.

Eigentlich wäre es einer dieser Momente gewesen, von dem sie Pawel am Lagerfeuer erzählte. Allerdings füllte sie das Weiß nicht länger mit dem Muster ihrer Schuld auf.

Stattdessen bemerkte sie große Abdrücke: Die Kinder hatten sich in den Puder gelegt und Schneeengel geformt. Tränen rollten Camillas Wangen hinab. Sie wollte nicht mehr dagegen ankämpfen müssen.

Es waren nur noch wenige Schritte bis zum Ufer des Teiches. Die Kraft wieder aufzustehen hatte sie nicht mehr. Ebenso wenig war das Aufgeben eine Option, weshalb sie sich auf allen Vieren kriechend dem Kichern näherte. Bis das Lachen verstummte.

Camilla lag aufgelöst am Ufer eines Teiches. Vor ihr standen zwei Kinder; ein Junge und ein Mädchen. Sie waren maximal sechs, vielleicht sieben Jahre alt. Beide trugen grüne Winterjacken und alte, ramponierte Schlittschuhe, mit denen sie auf dem gefrorenen Wasser umherschlitterten. Sie schauten Camilla mit großen Augen verwundert an.

Camilla streckte ihre taube Hand nach ihnen aus.

Der Junge sagte etwas auf Russisch, woraufhin das Mädchen überstürzt im Wald verschwand.

Camilla wollte etwas sagen. Für einen Augenblick hielt sie inne. Wie würden sie kommunizieren können, wenn sie einander nicht verstanden? Wie kann sie übermitteln, was sie durchgemacht hatte? Was war das russische Wort für *Hilfe*? Die junge Frau bündelte ihre letzten Kräfte.

»Hi«, flüsterte sie und fiel in Ohnmacht.

Als Camilla ihr Bewusstsein zurückerlangte, lag sie auf einem kleinen Bett. Das Gestell sah grobschlächtig aus, als hätte es ein Zimmermann mit wenigen Mitteln selbst gebaut. Ihr verletzter Arm war in einem frischen Verband eingewickelt und auf ihrer Stirn ruhte ein feuchter Waschlappen. Als sie umherblickte, fand sie sich in einer engen Hütte wieder. Die Fenster waren verstaubt und undurchsichtig, ließen aber gerade genug Sonnenlicht hindurch, damit sie sich einen groben Eindruck ihrer Umgebung verschaffen konnte. Sie sah einen Blechtopf auf einer Kochstelle dampfen. Erst dann bemerkte sie den Duft von Tee in der Luft. Auch das Lachen der spielenden Kinder war abermals zu hören, dazu das laute Bellen eines Hundes.

Es war ein fruchtloses Unterfangen, sich aufrichten zu wollen: Camilla war von den Anstrengungen der letzten Tage derart in Mitleidenschaft gezogen worden, dass sie nun, nachdem sich ihre Muskeln aufwärmen und ausruhen konnten, wieder jeden Millimeter ihres Körpers spürte. Wer auch immer sie aus der Kälte geholt hatte, rettete ihr Leben. Weiter auf sich allein gestellt hätte sie keinen weiteren Sonnenaufgang zu Gesicht bekommen.

Ihr Magen knurrte. Ihre Wunden juckten und brannten. Und trotzdem fühlte sie sich auf unbeschreibliche Weise... gut.

Durch die Eingangstür der Hütte platzte eine alte Frau herein. Sie trug mehrere Lagen aus dicker Kleidung und eine graue Schürze. Mit beeindruckender

Selbstverständlichkeit bediente sie den rostigen Herd. Aus dem mittlerweile laut zischenden Topf begann sie einen dunkelfarbigen Tee in unförmige Tassen zu gießen. Als sie bemerkte, dass Camilla wach war, schnatterte sie umgehend mit unverständlichem Russisch auf sie ein.

»Amerikanerin«, hustete Camilla. Allein ihre knappe Reaktion, löste bereits ein Schwindelgefühl aus.

Die alte Frau lächelte nur, als sie Camilla sanft auf die Matratze drückte. Ihrem Mund fehlten einige Zähne und unzählige Falten zeichneten ihr Antlitz. Dann streichelte sie Camillas Wange. Ihre Hand war zart und warm.

»Ty segodnya ne umresh«, sagte sie mit zuversichtlichem Nachdruck.

Epilog
Imagine

Die Tür schwang weit auf und schickte einen kühlen Windzug durch Camillas Zimmer. Unmittelbar darauf folgte eine großgewachsene, blondgelockte Krankenschwester. Die kräftige Frau sprach ein bisschen Englisch, was die noch schlaftrunkene Camilla sehr erleichterte. Zuvor war ein Arzt hier, der ihr seine Diagnosen für eine Viertelstunde lang auf Russisch nahebrachte, bis ihm dann klar wurde, dass Camilla kein Wort davon verstand. Tatjana, die Krankenschwester, war eher rustikaler Natur. Sie entriss ihr ohne Warnung die dünne weiße Bettdecke und begann lächelnd, ihren Verband zu wechseln.

»Wie geht es dir heute?«, erkundigte sich Tatjana, sichtlich um passende Vokabeln ringend.

»*Tocka*«, antwortete die Patientin mit einem nachdenklichen Blick aus dem Fenster. Tatjana nickte verständnisvoll.

Camilla war schon seit einigen Tagen wieder in Moskau. Hier lag sie in einem luxuriösen Krankenzimmer, wurde ständig von Schwestern, Ärzten und Anwälten besucht. Sogar ein Seelsorger, der ihren mentalen Zustand begutachten sollte, hatte sich bereits angekündigt. Die russische Regierung hatte ihr zudem einen Erste-Klasse-Flug zurück in die Heimat versprochen. Als Überlebende eines Flugzeugabsturzes genoss man in Russland scheinbar eine Sonderbehandlung.

»Aber besser als gestern?«, fragte Tatjana.

»Besser«, versicherte Camilla.

»Sehr gut. Heute Abend geht es nach Hause?«

»Ich hoffe es.«

Sicherlich würde es ein mehr als mulmiges Gefühl in ihr auslösen, so bald wieder in ein Flugzeug zu steigen. Vor allem in Anbetracht der weiten Strecke. Doch im tiefsten Inneren war Camilla nach wie vor eine rational handelnde Wissenschaftlerin. Eine Frau, die sich der Unwahrscheinlichkeit, zweimal hintereinander abzustürzen, mehr als bewusst war.

»Mein Arm juckt«, klagte Camilla.

»Ist normal. Das bedeutet, er verheilt«, entgegnete Tatjana beruhigend.

Nachdem Tatjana wieder verschwunden war, lehnte sich Camilla zurück auf ihr Kissen. In ihrem Kopf überschlugen sich die Gedanken. Es würde lange dauern, bis sie all die Gefühle und Eindrücke ihrer Reise geordnet hatte. Nachdem sie von der im tiefsten Wald lebenden Familie gerettet und aufgenommen worden war, kam das russische Militär mit einem Hubschrauber, um sie in die Hauptstadt zu fliegen.

Wie sie aus Gesprächen mit verschiedenen Ermittlern erfahren hatte, handelte es sich bei dieser alten Frau um eine sogenannte Altgläubige. In diesen Unterhaltungen musste sie auch so detailliert wie möglich schildern, was überhaupt geschehen war: Sie erzählte vom Absturz und wie William Daniel alle Überlebenden auf den bevorstehenden Kampf vorbereitete. Sie schilderte den Bärenangriff und wie Glenn Regan sein Leben verlor. Sie berichtete von Amanda Copeland, dem See und der Kälte. Sie erwähnte den armen Igor Nikolaev, wie sie ihn zurücklassen mussten... und sie sprach über Pawel Kovic, der sie stützte und beschützte, bis er eines Nachts so plötzlich verschwand.

Offenbar suchten die Behörden tatsächlich sehr gründlich nach dem verschollenen Flugzeug. Es war scheinbar so weit vom Kurs abgekommen, dass das Wrack erst Stunden nach Camillas Rettung in der verschneiten Tundra ausfindig gemacht werden konnte. Hätte sie sich dafür entschieden, dort auf Hilfe zu warten, wäre sie also tatsächlich vorher erfroren.

Das Militär hatte ihre Sachen durchsucht. Sie wollten ihr sogar den Walkman abnehmen, doch sie rebellierte. Er war der einzige Gegenstand, den sie noch von Zuhause bei sich hatte. Im Laufe der Reise wurde dieser ziemlich durch die Mangel gedreht, funktionierte aber nach wie vor einwandfrei. Eine Schwester hatte ihr sogar ein paar Batterien auf den Nachttisch gelegt, falls sie Musik hören wollte.

Camilla strich mit der Hand vorsichtig über die Tasten des Gerätes. Ob Greg je glauben würde, was sein Walkman alles durchgestanden hatte?

Gerade wollte sie die Play-Taste drücken, da betraten zwei unbekannte Männer den stillen Raum.

»Miss Hamilton! Es ist mir eine Ehre, Sie kennenzulernen. Ich bin Doktor Carter«, offenbarte einer von ihnen und streckte ihr seine Hand entgegen.

»Sie sind Amerikaner?«, fragte Camilla verblüfft und schüttelte die Hand.

»Wisconsin, born and raised«, verkündete er stolz.

»Als man mich darüber unterrichtet hat, dass Sie lebend geborgen werden konnten, habe ich mich direkt in einen Flieger gesetzt.«

Camilla war erstaunt. Dass eigens ein Arzt aus den Staaten für sie einflog, hätte sie nicht vermutet.

»Und ich bin Anton Sergejew«, schob der andere, klar als Russe zu vernehmende, Mann ein.

»Ich leite die Ermittlungen zum Absturz. In den letzten Tagen konnten wir viele aufschlussreiche Erkenntnisse gewinnen. Nicht zuletzt dank Ihnen und Ihrer Aussage kamen wir mit unseren Ermittlungen zügig voran.«

Es wirkte auf Camilla etwas eigenartig, dass beide Männer zeitgleich mit ihr reden wollten.

»Warum ist das Flugzeug abgestürzt?«, fragte sie.

Der russische Polizist griff nach dem braunen Pappordner, der sicher unter seinem Arm eingeklemmt war und blätterte zielstrebig darin umher.

»Zum jetzigen Stand gilt ein fehlerhaftes Bauteil der Höhenrudersteuerung als Unfallursache. Der Sturm, von dem Sie berichtet haben, brachte das Unglück ins Rollen. Wie es den Anschein hat, ist dann in zehntausend Metern Höhe die Bordelektronik ausgefallen, was den Crash unter gegebenen Umständen unvermeidbar machte«, fasste der russische Polizist die Kernthese seines Berichts zusammen.

»Ich erinnere mich nicht an jede Einzelheit, aber... die Schilderung klingt einleuchtend, schätze ich«, erwiderte Camilla.

»Die Aussage, die Sie gemacht haben, stellt uns gleichzeitig jedoch vor gewisse Rätsel, Miss Hamilton«, führte der Polizist weiter aus. »Wie unsere Ermittlungen ganz eindeutig bestätigen, hat niemand außer Ihnen den Absturz überlebt.«

Camilla runzelte die Stirn.

»Unmöglich. Wovon reden Sie da?«

Doktor Carter übernahm.

»Was Herr Sergejew von der Polizei damit sagen will, ist, dass die Ermittler aufgrund Ihres Berichtes vor einem Rätsel stehen. Ein Rätsel, das Sie mit meiner Hilfe vermutlich lösen konnten. Miss Hamilton... ich habe einige wirklich erstaunliche Dinge in Erfahrung bringen können und hoffe sehr, mit Ihnen darüber reden zu dürfen.«

Ein mulmiges Gefühl mischte sich zu Camillas Verwirrung. Sie ahnte nicht, was Doktor Carter zu offenbaren plante. Also nickte sie wortlos, woraufhin der Amerikaner einen Stuhl aus der Ecke des Zimmers an ihr Bett zog und darauf Platz nahm. Er bat Anton Sergejew, den Raum zu verlassen und beugte sich zur erschöpften Frau vor.

»Ich habe Ihre Krankenakte überprüft. Dort sind mir Dinge aufgefallen, die jetzt, durch das, was Sie durchstehen mussten, in ein neues Licht gerückt wurden.«

Die Worte des Arztes wirkten alles andere als beruhigend auf sie.

»Was für ein Arzt sind Sie genau?«, durchleuchtete sie den Mann im weißen Kittel misstrauisch.

»Ich bin in erster Linie Neurologe. Weshalb ich möglicherweise in der Lage war, Verbindungen zu bemerken, die Ihre vorherigen Ärzte übersehen haben. Miss Hamilton... haben Sie eine Ahnung zu welch faszinierenden Dingen unser Verstand in der Lage ist, wenn es darum geht, das eigene Leben zu schützen? Der Grund, weshalb Sie hier und heute lebendig vor mir sitzen, ist meiner Theorie nach der Umstand, dass Sie unter einer Persönlichkeitsstörung leiden. Unter einer unheimlich seltenen, wenn nicht sogar einzigartigen«, erklärte der Arzt.

»Wie kommen Sie darauf?«, verlangte Camilla argwöhnisch nach einer Erklärung. Sie wusste natürlich, dass sie nicht in bester psychischer Verfassung war - eine Persönlichkeitsstörung erschien ihr jedoch ziemlich weit hergeholt.

»Lassen Sie mich das ausführen: Als Sie gefunden wurden und von Ihren Erlebnissen erzählten, glich die Polizei alles mit den zur Verfügung stehenden Hinweisen ab. Die Menschen, von denen Sie berichteten, die

Sie angeblich auf Ihrer Reise begleiteten... nunja - sie standen allesamt nicht auf der Passagierliste.«

Der Arzt ließ diesen Fakt für einen kurzen Moment im Raum stehen; wie einen Wein atmen, bis er erneut das Wort ergriff.

»Nun ist es sicher nicht undenkbar, dass man sich unter Fremden mit falschen Namen vorstellt. Dennoch konnte jede Leiche, die an der Absturzstelle geborgen wurde, mit einem Namen auf der Liste verbunden werden. Nur die von Ihnen genannten Passagiere fehlen. Keiner der Männer und Frauen, von denen Sie erzählten, befand sich an Bord der Maschine.«

»Was wollen Sie damit sagen?«, fragte Camilla.

»Ich vermute, dass es sich bei Ihren... Mitstreitern um Teile ihres Bewusstseins handelte. Dass diese Menschen, so real sie auch immer gewirkt haben mögen, Fragmente Ihrer eigenen Persönlichkeit waren.«

»Sie glauben tatsächlich, ich habe mir das alles nur eingebildet?«

»Nein. Ich glaube, Ihr Verstand hat, um Sie zu schützen und ohne Ihre Mitsprache, weitere Persönlichkeiten erfunden, die es Ihnen ermöglicht haben, immense Schmerzen und Verzweiflung durchzustehen.«

»Unmöglich.«

»Auch ich hatte zunächst meine Zweifel. Bis ich mir Ihre Vergangenheit näher angeschaut habe. Sie hatten als Kind einen Phantasiefreund, oder?«

Camilla blieb stumm.

Die Stille bedingte ein beklemmendes Gefühl in ihrer Brust.

»...«

Ein sanfter, fast unmerklicher Schauer fuhr ihren Körper hinab. Die Haare auf ihren Armen stellten sich auf, ein Kitzeln in ihrem Nacken breitete sich aus.

Längst vergessene Erinnerungen fluteten ihren Verstand wie die Schotten eines sich öffnenden Staudamms.

»Paul.«

»Und dann ist etwas Schlimmes passiert. Etwas, das Sie – genau wie Ihren Freund - tief in Ihrem Inneren begraben haben. Ein Kindheitstrauma ist in den meisten Fällen der erste Grundstein ausgeprägter Psychosen«, fuhr Doktor Carter fort.

»Sie standen seitdem konstant unter dem betäubenden Einfluss von Medikamenten. Zuletzt sogar unter einer unverantwortlich hohen Menge Xanax. Es ist erstaunlich, aber... die Tage nach dem Absturz haben Ihr System regelrecht *neugestartet*.«

Camilla war, als würde Doktor Carters Lautstärke per Fernbedienung zunehmend runtergeregelt. Der Absturz und all die Geschehnisse der letzten Tage, blitzten vor ihrem inneren Auge auf.

Sie allein war es, die sich aus dem brennenden Flugzeug rettete, Kleidung und Nahrungsmittel zusammensuchte und ihre Überlebenschancen kalkulierte.

Sie war es, die von einem hungrigen Braunbär attackiert wurde... und sie selbst hatte ihn mit einem Gewehr in die Flucht geschlagen.

Sie war im Eis eingebrochen und saß entkräftet und frierend in der Höhle.

Sie war es, die blutend und ganz allein aus der Grube kletterte und anschließend ihre Wunden nähte.

William, Glenn, Amanda, Igor und Pawel... Paul... hatte es nie gegeben.

Ein bitterer Geschmack lag auf ihrer Zunge.

Die Träume, so flüchtig sie auch waren, erzählten von Dingen, die sie als Kind verdrängt hatte. Hinter Stahltüren in ihrem Unterbewusstsein einkerkerte und mit Arbeitseifer im realen Leben in Schach hielt. Als dann an jenem Weihnachtsabend erneut ein traumatisierendes Ereignis dafür sorgte, dass ihr Verstand in Alarmzustand geriet, bahnte sich alles seinen Weg an die Oberfläche: Begebenheiten, die Camilla so lang unter Verschluss hielt, bis sie sich selbst nicht mehr an sie erinnerte. Paul... Pawel... konnte es wirklich wahr sein?

Die Indizien der Polizei wiesen ohne großen Zweifel darauf hin. An der Waffe, die auf einen ihr völlig unbekannten Namen zugelassen war, fanden sich nur Camillas Fingerabdrücke. Der Bericht aus dem Krankenhaus, der ihren Zustand protokollierte, besagte eindeutig, dass die Nähte ihrer Wunde auf eine eigenhändige Verarztung hindeuteten. Überall fanden sich lediglich die Spuren einer einzigen Person. Ihre. Weder in der Höhle noch in der Fallgrube kamen die Überreste anderer Menschen zum Vorschein.

Und dann war da noch der Brief von Glenn, den er seiner Familie schrieb: Das Papier war porös, an den

Knickstellen gerissen, die billige Tinte verschmiert, die verschwommenen Buchstaben nahezu unkenntlich... und doch sehr eindeutig Camillas eigene Handschrift.

Sie würde noch viel Zeit brauchen, um zu verarbeiten, was sie durchgestanden hatte. So sehr dieses Unglück an ihrer Psyche und ihrem Körper nagte, fühlte sie sich zum ersten Mal in ihrem Leben frei. Frei von externen Einflüssen, die ihr die Kontrolle nahmen. Frei von inneren Dämonen, die ihr Handeln diktierten.

In der Philosophie gab es dieses Gedankenspiel, an das sich Camilla erinnerte: Der Seefahrer Theseus war während seiner Abenteuer ständig gezwungen, sein Schiff zu reparieren. So oft mussten Teile ausgetauscht werden, dass das Schiff, mit dem er zurück in seinen Heimathafen einlief, aus völlig anderen Materialien bestand, als das Schiff, mit dem er einst aufbrach. Keine einzige Planke war mehr die selbe, mit der er seine Reise begann. Die Frage, die sich stellte, war schließlich:
Handelte es sich immer noch um das selbe Schiff? War es das Schiff des Theseus?
Oder ein gänzlich neues?

SCHMERZFLIMMERN Vol. 1 & 2, Marc Kemper

Wenn Gregor eine andere Person berührt, wohnt er ihrem Ableben in einer verstörend realistischen Zukunftsvision bei – ohne die Möglichkeit, etwas an ihrem Ausgang zu ändern. Während die vermeintliche Gabe in seinem Job als Rettungssanitäter noch von morbider Nützlichkeit sein mag, lässt sie Gregor selbst verbittert und teilnahmslos durchs Leben trotten.

Noch denkt er nicht daran, dem Geheimnis seiner Fähigkeit auf den Grund zu gehen. Noch ahnt er nicht, welch weite Kreise ihr Ursprung zieht.

Erst die verblüffende Begegnung mit Elise, die ihm einen Ausblick auf ihren Tod verwehrt, setzt Gregors prägende Suche nach Antworten endlich in Gang …

Ein schwarzhumoriger Genre-Wirbelsturm

"Schmerzflimmern" ist eine lebensverneinende Mystery-Komödie. Der Tod, als ultimative Unannehmlichkeit im sonst so tristen Tagesablauf, tritt dabei in all seinen Facetten auf - er amüsiert, erschreckt, verstört und animiert zum Blick in das eigene Innere.

Taschenbuch: 324 Seiten
ISBN: 9783981996104

16,99 €

www.intronauten-verlag.net/shop

INTRONAUTEN VERLAG PODCAST

Die Moderatoren Marc Kemper und Tobias Schnier tauchen mit dieser Talkshow in die Welt des kreativen Schreibens ein.

Zweimal im Monat geben die beiden Autoren neue Tipps, verraten Tricks und vermitteln wertvolle Theorie zum Handwerk des Storytellings. Anhand bekannter Beispiele aus Film, Fernsehen, Literatur und anderen relevanten Medien, decken sie auf, was eine gute Erzählung ausmacht, warum uns bestimmte Geschichten immer wieder begegnen und wie man selbst spannende, anregende und zeitlose Geschichten schreibt.

Der Intronauten Verlag Podcast ist gratis und erscheint wöchentlich auf der Verlags-Homepage, Spotify, Google Podcast und Bandcamp.

www.intronauten-verlag.net/podcast